著 二上圭
Futagami Kei
ill. 日向あずり
Hyuga Azuri
センパイ、
自宅警備員の雇用は
いかがですか？
Senpai,
GCN文庫

「まあ、なんだ……センキュー」
文野楓（レナ）
Kaede Fumino
田町創（タマ）
Hajime Tamachi

なぜかお礼を言われた。
薄手の白いシャツ越しに、誇りを支える
下着がうっすらと透けていたのだ。

センパイ、好き……

# Contents

# センパイ、自宅警備員の雇用はいかがですか?

著：二上圭
イラスト：日向あずり

GCN文庫

口絵・本文イラスト／日向あずり

# 第一話　『センパイ、自宅警備員の雇用はいかがですか?』

　現在、我が家では自宅警備員を雇用している。

　斡旋所から派遣してもらったのでもなければ、求人の張り紙から募集したわけでもない。得てしてこの手のものは、身内や知り合いを通じるか、インターネットを介した赤の他人より縁が生じるものだ。

　自分の場合、その両方が当てはまった縁により、

『センパイ、自宅警備員の雇用はいかがですか?』

　ある日突然、雇ってくれと連絡があったのだ。

　今まで画面を通じ交流してきた、五年の付き合いはある友人。けれど名前も顔も年齢も、そして性別すらもわからない。

　ただし元はネトゲから繋がった縁だ。ネトゲプレイヤーの中身は九十五割の確率で男。女なんていない。絶対にだ。ネトゲで仲良くなった相手とオフ会したら、実は美少女だった、なんて展開は端から期待などしてはいけない。

だから、

「おかえりなさい」

今日も出迎えご苦労な自宅警備員が、巨乳ＪＫ美少女であることなど、世間に死んでも言えないのであった。

◆

自宅警備員を雇用した経緯を語ろう。

五月一日の金曜日。世はまさにゴールデンウィークであり、春休みを明けたばかりの学生たちが待ちに待った長期連休。最大十二連休を謳歌している彼らには、社会に出てから常々思うことがある。おまえらいっつも休んでるな、と。ぶつくさ文句を吐き出したくなるほどに羨ましい妬ましい。ずるいぞおまえたちと、心の底から僻みという負の感情が湧いてくるのだ。

他にも十二連休という蛮行に走れる上級国民と違い、自分にとって今日は平日にすぎない。それでも明日からは憂いもなく五連休を満喫できる。

世の中には下には下がいくらでもいる。そうやって比較し下々の者たちよりマシだと感じる度に、自分は底辺社会人だという現実を見せつけられる。

本日の業務はチーム全体が平和であった。急な仕様変更もなければ、致命的なバグが見つかることもない。休みに引きずることもなければ、残業もない定時上がり。誰に気兼ねすることもなく、皆がホクホク顔で帰路へと就いていった。ただし新たに配属された奴隷は除く。

あの無能はきっと、休み明けにはいないかもしれない。電車内で軽く考えながら、五分後にはきつねとたぬき、その選択に難しい顔を浮かべていた。

金曜日は駅構内の立ち食い蕎麦で、夕飯を済ませるのが恒例となっていた。蕎麦が大好きなわけでもなければ、家で飯を作るのが面倒だからでもない。安い、早い、そこそこの味で、軽く腹に溜められるからだ。

ではなぜ腹に蕎麦を溜めるのか。これには深い理由がある。わけではない。空きっ腹に酒を流し込むと、アルコールの血中濃度が急上昇するからだ。

酒を許されたばかりの大人未満ならともかく、社会の酸いも甘いも噛み分けてきた社会人として、みっともない酔いかたをするのは恥ずべきこと。ならばその予防対策を講じることは、大人のマナーとも言える。そのくらいみっともなく、がぶ飲みする予定なのだ。

入るお店も決まっていた。マスター一人が経営する、こぢんまりとしたバーである。

行きつけのバーにふらっと入り、マスターと小粋な会話を弾ませながら、お洒落にお酒を嗜む。そんな中、初顔の麗しき女性客を見つければ「あちらのお客様からです」をやり、「え、いいんですか？」と話のキッカケが生まれ、会話をリードした果てで一晩の恋を育むのだ。

なんてことはない。

そのバーは幼い頃から続いた縁、ガミの店であり、特別価格で酒を飲ませてくれるのだ。そこで仕事の愚痴やらなんやらを吐き出しながら、ああでもない、こうでもない、とみっともない話を聞いてもらっているのが現状である。

なにせ俺には、気軽に飲みに誘って、愚痴を吐き出せる友人がいないのだ。高校卒業後にあてもなく上京し、適当に就職した男の末路だ。

職場での人間関係は波風を立てずやっているが、所詮は底辺集団。どれもこれもスクールカースト底辺上がり。オタクや陰キャ、チー牛が絶えないジメッとした職場である。イケメンなんてうぬぼれたことはないが、我が顔面偏差値は彼らによって引き立てられているのだ。

社会人らしく身なりをキッチリとして、清潔感を保つ。ワイシャツにシワや黄ばみがないことが、どれだけ大切なことであるかがわかる、優越感に浸れる素晴らしき環境であった。

底辺でどれだけトップを独走していようと、職場での出会いはゼロ。戦乙女と交流を持つ場に赴くこともしない。そんなだから我がグングニルは未だかつて、振るう戦場に恵まれたことはないのだ。

だからといって金を払って戦闘訓練を積むのも、人生負けたような気がする。ベテラン相手の模擬戦は絶対に嫌だ。グングニルを振るう初戦場は、清らかな美しき戦乙女と肩を並べるときだと誓っているのだ。

一兵卒未満の分際で、身の程知らずにもほどがある。戦乙女の白昼夢にして監獄に囚われ続けた男はこうして、理想ばかりが高くなり、現実の女性《せんし》たちを受け入れることができなくなったのだ。付け加えるなら今更夢が醒めたところで、人生経験値が足りず歯牙にもかけてもらえないだろう。

親しい友人もいなければ彼女もいない。そんな男がではどうやって、日々の糧、人生の喜びを得ているのか。なにを楽しみに生きているのか。

二次元とネットである。

情熱を持って傾倒しているのならまだ救いはあるが、残念ながらほぼ惰性だ。

かつてはワンクールごとに二十本以上追い続けてきたアニメも、今や五本くらいが精々。

はいはい、いつものあれね、と一話切りする作業が、三ヶ月ごとにやってくる。

ネットもネットで、動画投稿サイトでゲーム実況から始まりアウトドア、旅行、料理や猫など、おすすめされるがままつまみ食いをする日々。最近はクソザコフリスビー改良の新作を、一番の楽しみにしている有様だ。

そんなことをしながら、五年ほど付き合いが続いている名前も顔も年齢も知らぬ友人と、文字だけで語り合う。つまみを兼ねた夕飯をパパッと作り、晩酌をしながら共にネトゲを興じたりする。

これが模範的に将来性のない成人男件、田町創《たまちはじめ》二十五歳だ。

一年前、バーのマスターたるガミと再会するまで、ダラダラとろくでもない日々を過ごしてきた。いや、一切マシにはなっていないので、変わらずろくでもない人生を送っている。

日常と非日常の境界線たる重厚な扉。それを開いたのは十八時前であった。

「おう」

「あら、今日は早いのね」

開店時間前にも関わらず、雨があがっていたのね、くらいの興味で出迎えてくれる麗しき美女。モデル顔負けの長身に、キリッとした凛々しい顔立ち。マダムやママと呼ぶには若すぎる。だが盛り上がった胸部を収めるワイシャツとベストを着こなす姿は、大人の女性と呼ぶに相応しいカッコよさがあった。

その美女はガミに雇われている存在ではない。なにせこの店は、たった一人の手で運営されているのだ。

そう、彼こそが二十歳を迎えるなり人体改造を施し、美男子から美女へと生まれ変わった明神《あけがみ》幸之助《こうのすけ》その人であった。

一年前帰宅途中に、

「あら、もしかしてタマじゃない?」

近所の野良猫みたいに声をかけられたときは驚愕したものだ。

俺をタマだなんて呼ぶのは、幼い頃からガミだけ。高校卒業後、すっかり疎遠となっていたガミが、数年ぶりに再会すると見る影もなくなっていた。まさか性的倒錯者以外の意味で、変態の熟語を扱う日を迎えるとは。

初めは疑ってしまったが、身分証明書と共に昔の思い出を差し出されたら、こちらも観念してこの美女をガミだと受け入れるしかなかった。

当然、なぜ人体改造を施したのかという話になる。実は性同一性障害だったのか。はたまた女に目覚めたのか。

問いかけると返ってきた答えは、

「二十年も男をやってきたんだもの。ちょっと女をやってみたくなっただけよ」

ソシャゲで性別変更をするかのように、人体改造を施したようだ。まさかここまで突拍子もないことをするなんて……まあ、ガミだしな、と納得する自分がいたのであった。

しかし昔から、一度も教室が違うことがなかったガミとは、つくづく奇妙な縁がある。示し合わせたわけでもなく我が家の最寄り駅近くに店を構え、開店初日に再会するとは。腐れ縁とはまさにこのことかもしれない。

高校時代まで築いてきた縁は全て切れたと思ったところにこれだ。気持ちが落ち着くと、代わりに愉快の二文字が湧いてきた。

ガミもガミで、目の前に転がっているかつての縁を、手元に置いておこうと目論んだのか。特別価格で飲ませてやると釣り竿を投げてきたので、遠慮なく釣られタカリにくるようになったのだ。友情を感じてくれているかは知らぬが、気にかけるくらいの温情はあったようだ。

ガミにとってこの店は趣味にすぎない。本当はタダ飲みでも構わないのだろう。しかし施しではない一線を引いた結果が、野口を生贄にする飲み放題なのだ。

だから金曜日はガミのもとへ顔を出す。この一年の間、それがすっかり習慣となっていた。

客席に座っているところを見ると、開店作業は終えているのだろう。

ガミはカウンター内へ回ると、ビールを注ぐ準備に取り掛かった。俺の最初の一杯目である。

店内はカウンター席のみ。入り口から一番奥の指定席に腰掛けると、それはおしぼりよりも先に差し出された。

「おつかれ」

「おう、センキュ」

なんて労われ、一気にグラスを呷るのをキッカケに、この一週間溜めてきた、ああでもない、こうでもない、なんてくだらない話を始めるのだ。

そういう意味では、ここまでがいつもの日常である。

新たな非日常の扉が開く一報は、二杯目のグラスが残り僅かの頃にもたらされた。

日本人がスマホを扱う上で必須である、緑アイコンのメッセンジャーアプリ。ではない。

その後塵を拝する、三番手くらいのメッセンジャーアプリだ。たった一人のためだけにインストールしたアプリによって、スマホの通知音が鳴ったのだ。

『センパイ、オフ会しましょう』

「は？」

トップ画面に通知されたお誘いに眉をひそめた。

相手は一閃十界《いっせんじゅっかい》のレナファルト。通称レナ。ネトゲで知り合った五年来の友人だ。

当時のレナは、パソコンに触るときは調べ物をするときだけ。ネトゲどころかゲーム機にも触れてこなかったらしい。それがネトゲの広告に興味を引かれ、ものは試しと始めてみたようだ。

そんな右も左もわからない初心者プレイヤーだ。ネトゲの醍醐味、面白さというものを見出すのはあまりにも難しい。よくわからないまま終わり、ネトゲとは無縁の生活に戻る。まっとうな社会的価値観を持つ者なら、それでいい、そのほうが本人のためだと語るだろう。

残念ながら、レナはそのままログアウトすることはなく、道を踏み外してしまった。

ネットリテラシーゼロという名の、純真無垢であったレナは、近くにいたキャラクターにゲームの教えを請うた。久方ぶりにログインをしたそいつは、初心者プレイヤーに頼れるというイベントに遭遇し、偉そうな教鞭を執ったのだ。

いつしか交流はネトゲ内だけでは収まらず、外部のメッセンジャーアプリを通じやり取りするようになった。そうやってネッー社会のいろはを叩き込む内に、レナはそいつを人生の先輩として尊び、崇め、センパイと呼ぶようになったのだ。

つまりレナが道を踏み外してしまったのは、俺のせいだと言っても過言ではない。リアルに友人がいない俺は、かまってちゃん気質のレナを存分に育て上げた。人として貶めたとも言える。

ただしそんなレナとは通話すらしたことはない。交わすのは文字だけ。顔も名前も歳も、そして性別すらもハッキリさせたことはない。

今までは会うどころか、通話しようだなんて話題もあがってこなかった。

そんなレナからいきなり、オフ会のお誘いだなんて。正直、面食らった。

素晴らしい提案だ。今から会うのが楽しみだ。

なんて気持ちになるわけもなく、ただ呆気にとられていた。

『いきなりどうした?』

『親と将来の話でちょっと。現在敵前逃亡中』

一息落ち着いてからの返信に、十秒もかからず答えがもたらされる。

家庭の事情についてあまり突っ込んでこなかったが、親との関係が良好ではないことはひしひしと感じていた。こいついつ学校に行っててんだ、というくらいにネットにどっぷりなので、親がいい顔をするわけがないのは明白だ。

百歩譲って、オフ会は構わないとしても、もう一つの問題がまた湧いてくる。

『おまえ札幌《さっぽろ》に住んでるとか、前に言ってなかったか？』

ここは東京《とうきょう》だ。俺たちの間には物理的な距離が開きすぎている。気軽にオフ会しようぜ、なんてできるわけがない。

『ダイナミック家出っすよ』

『ダイナミックすぎだろ』

どうやら家出という形で、距離の問題を解決していたようだ。

衝動的に家出をした、なんて距離ではない。どう考えても計画的な犯行である。そんな素振りを一度も見せてこなかっただけに驚愕した。

『いつからそんな計画を立ててたんだ？』

『昨日。初めて飛行機乗ったわ』

「はっ!?」

札幌から東京。その距離の家出を、衝動的かつ計画性なく実行したというレナの告白に、変な叫び声を上げてしまった。

怪訝な顔をするガミだが、なにかあったかは問われない。店がオープンする時間となり、看板やなんやと、俺に構っている暇がないのだ。

『行動力すごすぎだろ』

『せやろ?』

『こっちに頼れる友達でもいるのか?』

レナはほぼ引きこもりに近いはず。そのせいで親と上手くいっていないような奴が、親戚を頼るのは難しいだろう。だからこっちに気の知れた、頼れる友人でもいるのだろうと推察するも、

『パラヒキニートに友達なんているわけないだろいい加減にしろ!』

芸術的なまでに理不尽なキレ芸が炸裂した。

おいおい……アテもなく行きあたりばったりで家出してきたのか。この飛行機の距離を?

残念な気持ちと同時に心配にもなった。

『そんなわけで』

だがそれは杞憂であった。次のメッセージでアテはあったのだと思い知った。

『センパイ、自宅警備員の雇用はいかがですか?』

顔も名前も歳も、そして性別……はわかっているだろうが、現実での繋がりは無縁である俺であった。

『まさか俺をアテにして家出してきたのか？』

『イエス！　毎晩の宿をヘルプミー！』

マジか、こいつ。

いくらセンパイと慕ってくるとはいえ、まさかこんな頼られかたをするとは想像もしなかった。

悪い気はしないが、いきなりすぎて気持ちが追いついてこない。

『図々しすぎて笑う。これはオフ会ゼロ人ですわ』

なので気持ちが一度落ち着くまで、ボケによる会話の引き延ばしを図った。

『実は自分、巨乳ＪＫ美少女なんすよ。しかも未開封！』

『秒で迎えに行くわ』

『センパイチョロすぎマジ笑う』

やられた！

会話を引き延ばすどころか、一発でケリをつけられた。流石五年の付き合いだ。どういうネタを投げれば、一本釣りができるか熟知されている。

「まあ……いいか」

しょうがない奴だな、と自然と独り言が漏れ出した。

俺たちの間には五年の縁がある。散々色んなことを語り合いながら遊んできた。大した人生を歩んでいない俺を、人生の先輩だなんて慕ってくるレナは可愛くもあった。もちろん、変な意味ではない。

『今夜は攻城戦だ。我がグングニルが火を噴くぜ！』
『ヤベーよヤベーよ。長年守り通した城門がついに破られる！』

こんなくだらない会話をいつもする、友人にして人生のコーハイだ。

年齢どころか性別すらハッキリさせてこなかったが、それなりに見当はついている。

つい先日も、

『自分は神童ですから。愚民共の寺小屋なんて行くだけ時間の無駄なんすよ』

こんなことを言っていた。そして将来の話で敵前逃亡、それも飛行機の距離だ。

ならレナは男子大学生。それも三年、四年といったところか。どう若く見積もっても、大学生未満なんてことはないだろう。

出会って五年。かつての少年が青年へいたるには、十分な時間である。

飛行機の距離からやってきて、勝手に家出先のアテにするのはどうかと思うが、来てしまったものは仕方ない。道を示してやれるほど立派な大人ではないが、一時の居場所を与え話を聞くくらいの面倒は見てやりたくなった。

『それで、今どこにいるんだ？』

折角東京へ来たのだ。観光という名の、秋葉原《あきはばら》探索でもしていたのかもしれない。俺の悪影響であれば二次元にもハマっているのだ。

多少遠いが、そのくらいなら迎えに行ってやってもいい。

『実はもう、センパイの家の最寄り駅まで来てるんですよ』

が、もう来ていると言うのだからびっくりだ。

『現在バーガー屋で百円ドリンクで粘ってます。貴艦との早期合流を要求する』

『行き当たりばったりすぎんだろ。まあ、すぐに迎えに行けるが』

『アイラッビュー、センパイ！』

アテにするのはいいとしても、それならそれで、もっと早く相談してくれたらよかったものを。とはいえ、家出先の相談をされても流石に困ったのだが。背水の陣を組んで、断りづらい状況を企てたのなら、それはそれで策士といったところか。

こうして俺たちは、合流場所を決めたのだ。

どうやら向こうはスマホすら持たず、通信端末はノートパソコンだけのようだ。無線LANを使用できる店から外れたら、連絡が取れなくなる。

土地勘なき地でスマホなしの合流は難しい。駅前はこの時間帯、帰宅ラッシュで混雑している。さあ、どうしたものかと悩む前に、向こうからの指定があった。

この辺りのことを予め、ネットで漁っていたのだろう。待ち合わせ場所の住所と写真が送られてきた。

確認すると、この店から歩いて十分ほどのコンビニ前。ここなら人混みから逃れられるので、待ち合わせに向いているだろう。

こっちはスーツ姿のままであり、文章で伝えるには行き違いがあるかもしれない。鞄と一緒の写真を送った。顔は照れくさかったので写していないが、これだけあれば大体わかるだろう。

一方、向こうはノートパソコンのみ。写真をその場で気軽に撮ることはできない。代わりに来たレナの特徴は、

『赤いキャリーバッグを手にした巨乳ＪＫ美少女です』

完全にふざけている。

ボケを追求しなかったのは、赤いキャリーバッグという特徴さえあれば、行き違いなんてないだろうと考えたから。それと一本釣りされたばかりの警戒もあったからだ。

そうと決まれば、

「ガミ、ちょっと友達を迎えに行ってくる。悪いが席を取っといてくれ」

「タマ、貴方……友達いたの？」

「ファッキュー！」

中指を立てながら、店を出たのだ。

九割の確率でレナは成人だ。外れて残りの一割だったとしても、俺は模範的なろくでもない大人だ。未成年の飲酒に目をつむる度量くらいは見せてやりたい。

折角なので『俺の行きつけの店だ』なんて言いながらここへ連れてきて、尊敬の念を高めるのも悪くはないと考えたのだ。

五年もの間、散々語り合い交流を重ねてきた、声すらも知らぬ相手。レナとの顔合わせは照れくさくもあるも、それ以上に楽しみでもあった。

一体どんな男だろうか。

パラヒキニートを自称するネット中毒者であるが、大学には入れているのだ。計画性こそないが、思い立ったら吉日とダイナミック家出をする行動力の塊。スマホを持たずノートパソコン一つで、相談なく人をアテにしてくる図々しさ。その様はかなりの大物である。

職場の引き立て役たちのような面かと考えたが、案外、イケメン説が浮上してきた。

どんな面なのかと妄想を膨らませ、待ち合わせのコンビニ前にたどり着くと、それは真っ先に目についた。

美貌と呼ぶにはまだ幼い顔立ち。肩にかかった黒髪は、気持ち跳ねているが清潔感を失うほどではない。装いはパーカーにショートパンツといたってシンプル。だが、その姿に華美さを見出すことはできずとも、地味と感じることはないだろう。

なにせ小柄な体躯に反し、胸部が高らかに母性を主張しているのだ。

目を引くほどの愛らしさはあれ、奪われるほどの珍しさではない。だというのに目を離せずにいるのは、その少女の持ち物にあった。

「おいおい……」

赤いキャリーバッグを手にしていたのだ。

その姿はまさに、待ち合わせのやり取りにあった、巨乳ＪＫ美少女そのものである。

こんなことって本当にあるか？

もちろん、彼女がレナだと信じたわけではない。待ち合わせ場所にあの戯言が具現化している。奇跡のような偶然に慄いたのだ。

落ち着きなくおどおどとしているその様は、まるで小動物……いや、大剣や戦斧を振り回す女の子も適当だろう。ある意味ロマンの塊だ。

まるで時が止まってしまったかのような十数秒。

決していやらしい目で見ていたわけではないが、食い入るような視線に気づいたのか。

女の子と目と目が合ってしまった。

ヤバイ、とすかさず目を逸らす。

今の御時世、なにがセクハラ扱いで通報されるかわからない。女子高生をガン見する二十代男性事案の当事者になるのは、死んでもごめんである。

しれっと離れたいところだが、レナとの待ち合わせもある。この場から逃げるわけにもいかず、どうしたものかと逡巡していると、ガラガラという音が近づいてきた。

「あ、あ……あの……」

少女がなぜか、話しかけてきたのだ。

いやらしい目でジロジロ見てきただろ。110番をされたくなければわかっているな？

い、いや俺はなにもやっていない、無実だ！

なんて被害妄想が脳内を駆け巡り、叫び出したい気分であった。

ただし事案で声をかけられたわけではないのは、おどおどとした態度から、すぐに察せられた。

もしかして道に迷っているとか、なにか困っているとかそういう類か。キャリーバッグの件もある。ゴールデンウィークということで、親戚や友人などを訪ねに、地方から出てきた可能性も否めない。

たまたま目が合った大人を頼ろうという、汚れなき心による純粋な行動かもしれない。

おずおずと蚊の鳴くような声で、尋ねられたのは目的地ではなく、

「せ、セン、パイ……ですか？」

俺が彼女の先輩であるか否かであった。

ああ、俺が君の先輩だ！

なんて返事をするわけがない。こんな巨乳ＪＫ美少女を後輩に持ったのは、いつだって妄想や夢の中だけ。学校どころか職場ですら、後輩と呼べる女性を持ったことがない有様だ。

彼女の中でなにがあって、どういう経緯の末に、俺を先輩だなんて勘違いを起こしたのか。こんないかにもな社会人が、どうあがいても女子高生の先輩になれるわけがない。

「わ、わ、わたし……」

そのはずだったのだが、

「レ、レナ……ファル、ト……です」

本当に俺が、彼女のセンパイであることを告げられたのだ。

◆

忌まわしきその家屋は、駅から徒歩十五分ほどの地にあった。

一家心中から始まり押し入り強盗、カルト教団の集団自殺、心中オフの会場などと、華々しい経歴はキリよく丁度四十人。そんな築五十年4LDK二階建てを取り壊さんと、業者《せんし》たちが都度五回にわたり立ち上がったが、結果は惨敗。不思議な力によって阻まれてしまい、工事に関わる機械や人間に数々の不調をもたらし、怪我人病人が続出したようだ。

ならば僧侶に支援要請を頼むも返り討ち。お祓い中僧侶は心筋梗塞で倒れ、救急車経由霊柩車逝きとなってしまった。

ついには取り壊しを断念された人食い家屋。近づくだけで祟られんとばかりに、近隣住民は恐れ慄いている。

最早人の手に余るものとして、借り手がつかぬこと幾星霜。五年前、我こそはホラーハウスものの主人公にならんとばかりに、怖いもの知らずの愚か者が住み着いたのだ。

そう、模範的に将来性がない成人男性、田町創その人である。

不動産屋で事故物件でもいいからと、無茶な条件でゴネにゴネた結果、出されたのがこのホラーハウスであった。

こんな神立地の一軒家をたった四万。心霊体験を知らず恐れない俺は、ホラーハウスの華々しい経歴と輝かしい戦歴を語られた後も、入居の意思を揺るがすことはなかった。

大家としても、入居してくれるだけでもありがたい。これを逃すかとばかりに、保証人不要、敷金礼金ゼロで即入居が決まった。その代わりなにがあっても責任は取らん、という旨の念書も交わされたのである。

一軒家に住みながら町内会には入っていない。なぜか。ホラーハウスの住人などと、近隣住民は接触したくないのだ。ゴミ捨て場とかの地域の共用部は使ってくれても構わないから、関わらないでくれと近隣八分を食らっている。それこそ目が合うと祟られるとばかりに。

つまるところ、実害のない俺にとって、実に過ごしやすい環境であった。

なにせ懸念していた心霊現象もなく、近隣住民との付き合いも必要ない。大家からは住み続けてくれてありがとうと、お歳暮なども届くのだ。まさにウィンウィンの関係である。

そんなホラーハウスへと、ついに女を連れ込む日がやってきた。

一閃十界のレナファルト。相手にとって不足なし。そう、女子高生を家に連れ込むという事案どころではない、シャレにならない決断を下したのだ。

初めはレナが仕掛けたドッキリかと疑った。

元はネトゲで知り合った仲だ。その交流は五年にも及び、家出先のアテにされ向こうから持ちかけられたオフ会。そんな相手が巨乳ＪＫ美少女などと、誰があっさりと信じようか。

まず思ったのは、彼女がレナの妹であること。

家出は端から嘘であり、旅行か親戚の家へと遊びに来ているのではないか。そのついでに俺と会ってみようと思い立ったのかもしれない。そして強引に妹を引っ張り出して、俺を担ごうとしたのだ。

巨乳ＪＫ美少女と伝えてきたのもそれで頷ける。

全てはレナが仕掛けたドッキリなのだ。

仕掛け主は一体どこにいるのか。必ず物陰からこちらを観察し、ニヤニヤとしているはず。

彼女を無視して、周囲を見渡し男子大学生らしき姿を探すと、

「う、う、嘘じゃ……ないです……レナファルト、です」

またも蚊の鳴くような吃った声が、我こそが一閃十界のレナファルトだと主張した。

上目遣いでほんのり涙を溜めながら、おどおどとする子供。

今にも泣き出さんとする様は、外野から見れば俺が女子高生にチョッカイをかけ、困らせているようだ。

混乱する頭に冷水を浴びせ、気持ちを落ち着かせるよう深呼吸をした。

「マジか」

「は、はい……」

申し訳なさそうに顔を俯ける自称レナ。

暫定レナとして扱うとして、まず気にかけなければならないことがある。

「フード被ってもらっていいか？」

「あ、あ……はい」

緩慢な吃りとは裏腹に、レナは慌てながらもキビキビとフードを被った。

とても兄妹には見えない社会人と女子高生。向かい合うこの図は、マジで通報され事案になりかねない。

俺より頭一つ分小柄なので、隣に置くのすら危ういかもしれない。それでも今にも泣き出しそうな小動物顔を、周囲に見られるよりはマシだろう。顔さえ見られなければ、連休を利用し社会人の兄のもとへ訪ねてきた妹……にギリギリ見られるはずだ。

「レナ」

「は、はい」

「マジか」

「ご、ご、ごめんな……さい」

二度目の本人確認は、申し訳なそうな音がした。

どうしたものかと悩みどころだが、いつまでもこうしているわけにもいくまい。周囲の不信感を買うだけだ。

「とりあえず……ついてきてくれるか?」

コクリと暫定レナは黙って頷いた。

本物のレナがおり、未だこの光景を肴にしているなら、必ずアームロックをかけると固く誓う。これ以上いけないとレナ妹に止められようとも、絶対に止めたりはしない。

しかし無言のまま歩き始めて五分。

いつまで経っても、男子大学生らしき存在からの声はかからない。

俺もレナのことは信用している。ドッキリを仕掛けたとしても、ここまで長引かせるような悪趣味な真似はしない。そこまでして俺を困らせるわけがない。

だからこの現実を受け入れるしかなかった。

「レナ……マジか」

「……はい」

三度目の本人確認に、レナは身を縮こませながら恐縮した。

本当だったらガミの店にレナを連れて行く予定だったが、どう甘く見積もっても、成人扱いするのは不可能だ。ガミにこんな形で迷惑をかけるわけにもいかず、

『トラブルが発生して戻れんくなった。事情は落ち着いたら説明する』

そうメッセージを飛ばすと、返事はすぐにきた。

『面白いこと？』

『少なくともおまえ好みだ』

『期待してる』

発生したトラブルに対して、面白いことかとすぐに返す辺りガミらしい。

ガミのことはこれでいいとして、問題はレナだ。

女は男より三歩下がってあるくべし、を体現している背後からは、捨てられまいとする子犬のように、キャリーバッグの滑車が鳴いている。

このまま家に連れ込んでしまっていいのだろうか。かといってまずは話を聞くために、適当な店に入るわけにもいくまい。社会人と女子高生の構図は、金銭を介した男女交際にしか見えない。

そうやっていつまでも決めかねている内に、この足は我が家へと向かっていた。

ここで思い出した。

「そういえば、俺の家のことは前に話したよな?」

「よ、よ、四十人、です……よね?」

腹の底から絞り出すように、レナは我が家の事情を口に出す。

俺がホラーハウスに住んでいるのを知っているのは、業者などを抜きにすると、ガミとレナくらいのもの。四十人なんて単語が出る辺り、彼女こそがレナなのだと受け入れるしかあるまい。

「その辺り、大丈夫か?」

肩越しに振り返ると、

「あの家に……いるより、は」

フードの中でその小顔は頷いた。

近隣八分を食らうほどの事故物件のほうがマシとか、一体どんな家庭環境なのか。

俺が腹をくくった、というよりはなすがまま、となったのはこのときであった。楽なほう楽なほうへと流されている内に、我が家へとたどり着いてしまったからだ。

お世辞にも綺麗と口にはできぬが、ボロ屋とも呼べない佇まい。華々しい経歴と輝かしい戦歴を知らねば、おどろおどろしさを感じることはないだろう。

そういう意味では、レナは大物かもしれない。

小動物のようにずっとおどおどとしながらも、立ち止まることも躊躇することもなく、ホラーハウスの口の中へと飛び込んできたのだから。

「なにはともあれ、ようこそ、レナ」

「お、お、お邪魔、しま、す……センパイ」

◆

ホラーハウスへ入場して一分もかからず、この家の醍醐味、その洗礼をレナは受けることとなる。

憩いの場であるリビングに足を踏み入れるなり、真っ先に目に入ったものに、レナは呆然とした。

そう、祭壇である。

通販で買った三段式のかぶせ付き。リビングに堂々と設置されているそれを除くと、まさにこの空間はがらんどうであった。

カルト宗教に毒されたかのような空間。しかしその祭壇に宗教色はゼロであった。

なにせ供えられているのは器に入った日本酒ではなく、四リットルボトルのウイスキー。

大家からの貢物であるハムセットは箱ごとボン。最上段にはかつてドップリはまったエロゲのフィギュアが、三キャラほど鎮座している。

まさに坊主が裸足で逃げ出す惨状である。

「仮にもここはホラーハウスだからな。なにも手を打たず、のうのうと過ごしてきたわけじゃない」

この有様は一体何事なのか。こちらを見上げてくるレナに答えを差し出した。

「この家が今日まで積み上げてきた、華々しい経歴と輝かしい戦歴。それがあったからこそ、俺はこの環境を享受できた。なら示すべきは敬意と感謝だ」

「で、でも……だ、大丈夫、なん、ですか？」

大丈夫とは、祭壇の有様についてだろう。

「なにせお祓いにきた坊主が、救急車経由霊柩車逝きになってるからな。形に拘るなんて無駄だ、無駄。やっぱり人間、大事なのは気持ちだ。敬い尊ぶ気持ちを大事にすれば、この家は守り神にすらなってくれる」

実際、テレビがあるだろこの家は、としつこい輩を追い払ってくれた。霊感ゼロの俺にはわからないが、どうやら俺の背になにかを見たようだ。

俺の言葉を体現するように、その場でレナは両手を合わせた。そこまでする必要などどないのだが、レナなりの敬い尊ぶ気持ちを示したようだ。

「まあ、とりあえずは座ってくれ」

リビングを素通りした先の私室。パソコンチェアに手を差し向け、自分はベッドへと腰掛けた。女子高生の尻に敷かれたベッドに寝るのも悪くはなかったが、そこは大人の余裕で自重した。

仰々しいまでに身を縮こませながら、レナはちょこんと腰を下ろした。そのまま顔を俯けて、上目遣いでこちらを窺《うかが》ってくる。

レナの舌の回りが悪いのは、大人に対する恐縮ではない。ただただ絶望的なまでのコミュ障なのは、この短いやり取りでよくわかった。

「ぁ、あの……その……」

いつまでも口を開かぬ俺に、レナは居心地が悪そうだ。

こんなレナと顔を突き合わせ、会話を進めるのは難しいだろう。軽い応答はできるようだが、話が進まないのは目に見えていた。

どうやって話をスムーズに進めるか。

「レナ、パソコンを出せ」

答えは一つしかない。

俺の要求に、なぜ、と首を傾げることはない。意図をすぐに見抜いたのか、言われるがままキャリーバッグからノートパソコンを取り出した。

それは今流行の薄型でもなければ、某コーヒーチェーン店への入館証であるリンゴ印でもない。一五インチ以上はある、厳かなまでの黒く重厚な姿。愛らしい少女が手にするのに相応しくない可愛げのなさだった。

レナがノートパソコンを開くと、露わになったキーボードは七色の光を放ち始めた。ゲーミング仕様なのは明らかであった。

カチャカチャとキーボードを鳴らすと、レナはそのままノートパソコンを差し出してくる。パスワードを解除したのだ。言われずとも黙ってそこまでやったのは、正しい形で俺のやらんとしていることを察している証だ。

人のパソコンとは得てして使いづらいものだが、同じＯＳであれば、簡単な設定くらいはすぐにいじれる。キーボードを軽く叩いた後、そのままレナへと返却した。

「顔を突き合わせながらはきついか？」

コクリコクリと、何度もレナは頷いた。

どんな顔を浮かべながらやるのかを、見届けたくはあったのだが。まずはスムーズに話を進めるのがなにより大切だ。

リビングへ出るとふすまを閉じ、その場にどっと腰を下ろした。

三十秒ほど経ったか。

『いやー、マジで助かったすセンパイ』

なんてメッセージが、スマホに届いたのである。

相手は言わずもがな。一閃十界のレナファルトだ。

かつては東京、札幌と物理的な大きな距離を隔て、語り合ってきた五年越しの友人にしてコーハイ。現在はその距離、なんと一メートル圏内である。

今にも足元が崩れ落ちんとしていた、挙動不審なまでにビクビクとしていた小動物。それがたった三十秒でここまでの安定感を示されると、

「おまえ切り替え早すぎだろ！」

ため息と共にそんな声しか上がらないのであった。

『だーからリアルの自分はガチコミュ障。ただのネット弁慶だって言ってたじゃないっすか』

「弁慶とかそんな可愛いレベルじゃないだろ。最早二重人格を疑うレベルだよ」

切り替えがとにかく早すぎる。

あれだけおどおどとしてのろまそうだったのに、ふすま越しに鳴り響く爆速タイプ音。

一体どんな顔をしながらレナを演じているのか。

好奇心に負け覗いてみたいところであったが、鶴となって空へと帰られても困る。ここはグッと堪《こら》えることにした。

『センパイ。まずは謝らせてください』

殊勝な落ち着きかたを見せてくる。

謝る？　今まで女だと黙ってきたことだろうか。それとも年齢のこと？　その両方か。

ならば俺たちの間にそのような謝罪は必要ない。なにせずっと、俺たちはその辺りをハッキリさせてこなかった。驚かされた気持ちはあっても、騙されたという思いは一切ない。

声に出しその旨を伝えようとすると、

『巨乳ＪＫ美少女だと釣ってすみませんでした。実は自分、ただの巨乳ＪＫなんすよ』

「そっちかよ！」

真面目な謝罪かと思って損した。

そして弱々しい小動物の仮面の裏には、巨乳ＪＫとしての誇りがあったようだ。

不真面目なまでの謝罪に、つい「……ん?」と声を漏らしてしまった。

レナは釣ったと言い切った。なら、

「じゃあ、未開封なのも……?」

いかにも男の人なんて知りません。なんて清らかな乙女ぶっておいて、やることはやっているのか。けしからん、と胸の底から憤りが湧いたのだ。

『いや、あれはガチ。そもそも対人恐怖吃音症パラヒキニートに捨てろと言うほうが酷な話っすよ』

「お、おう……」

速攻否だと返ってきて、こちらが動揺した。

五年越しの交流があるとはいえ、今日初めて顔を合わせた男、それも大人に向かって清らかであることを断言したのだ。それも一メートル越しで。

マジで今どんな顔をしているのか、本気で見たくなった。だが振り返ったせいで塩の柱になっても困る。

『美少女と騙して誠にごめんなさい。なんとかセンパイを釣らねばって、こっちも必死だったんすよ』

絶望的なまでのコミュ障から放たれろ、爆速タイプ音の誘惑をグッと堪える。

『やった巨乳ＪＫ美少女だと意気揚々と来てみれば、クソ陰キャに声をかけられてビックリっしょ?』

「いや……まあ、ビックリはしたが」

確かに時間が止まるほどに驚かされた。おそらく人生最大級のビックリである。

「釣られに行ってみれば、看板偽りなしのマジもんが来たのにビビったわ」

クソ陰キャのコミュ障であろうとも、巨乳JK美少女なのは間違いない。

『なん、だと……』

「ふぇっ！」なんて可愛らしい音がふすま越しに聞こえてきた。

『実は自分、巨乳JK美少女だった説？』

自分の容姿をどう捉えているかは知らないが、巨乳としての誇りはあっても、美少女だという驕りはなかったようだ。

「おう、世辞じゃない。自信を持って巨乳JK美少女を名乗っていいぞ」

『せ、センパイ……！』

未開封のときもそうであったが、本人相手に直接、巨乳JK美少女だと告げるのはセクハラであった。口にしてから自らの失言に気づいたが、

『濡れた。これはもう、グングニルで城門を突破されてもいい』

それは杞憂であった。更なる下ネタが返ってくる始末である。

完全に通常運転のレナである。

「天井のシミでも数えてろ。そうしたらすぐに終わるぞ」

『おk。覚悟は決めてきてるんで、攻城戦は優しくしてくれっすよ』

いつもの調子で返すと向こうもまたいつもの調子で返してくる。

まさにいつもの会話。ボケとボケのキャッチボールだ。が、今回ばかしは次のボールを投げられずにいた。

覚悟は決めてきている。

意図した言葉かはわからぬが、その意味をわからぬほど鈍感系のつもりはない。

ボケて茶化してこそいるが、家出少女が大人に支払う対価。その意味を正しい形で理解した上で、宿代を払う覚悟をしていると言うのだ。

息を飲み込むことも、吐き出すこともできずにいた。

絶望的なまでのコミュ障っぷり。いかにも男を知らず、悪い遊びもやってこな……いや咎められて当たり前なくらいのネット中毒者であった。それでも悪い友達どころか、友達なんていているわけないだろと逆ギレするくらいには、現実での人との繋がりが希薄であるのは窺える。

そんな子供が、覚悟を決めてきた、なんて言葉を吐き出すのだ。その裏ではどのような葛藤があったのか。煩悶があったのか。人生経験値が足らない俺に、それがわかる日などくるのだろうか。

ただこの胸の内にあるのは、このまま流れに乗りたいという思いだけである。

グングニルを振るう初戦場は、清らかな戦乙女と肩を並べるときだと決めていた。

その決意から幾星霜。監獄に囚われ続けてきた一兵卒未満の白昼夢が、まさに正夢となり釈放されようとしているのだ。

しかも相手は五年越しの付き合いで、いつも俺をセンパイと慕ってきた相手。可愛いコーハイ。その正体は巨乳JK美少女であった。

こんな俺相手だからこそ、レナも覚悟を決められたのかもしれない。むしろ俺以外の相手には、そんな決意はできないはずだ。

ならばもう迷うことはない。

我が戦略は間違っていなかったことを証明する日が訪れたのだ。

「冗談だ。新兵ですらない相手に、攻城戦なんて仕掛けんから安心しろ」

なのに出てきたのは本心と相反する綺麗事であった。

なぜか?

本意ではない戦乙女を慮《おもんぱか》る心か?　違う。

より美しき戦乙女を望んだからか?　違う。

戦乙女を戦士として見ていないからか?　違う。

いざ戦場を前にしてビビったのである。

新兵未満を戦場に連れ回すなど、社会的に許されることではない。ここまで連れ込んでおきながら、それが表沙汰になったときの保身に走ったのだ。

同時に戦場を共に駆け抜けることで、レナとの変わってしまうだろう関係性を厭うた。それがベタベタとした甘ったるさに満ちたものであれば大歓迎である。だが今日まで積み上げてきた尊敬の念が、崩れ落ちる真似を避けたかった。

ようは軽蔑されたくないのだ。レナに慕われたままでいたいという、ぬるま湯を望んだのである。それが見ているだけで目の保養となる、美少女が相手ならなおさらだ。

『攻城戦の延期は否。早期決着を望むっす』

早期決着。やはりレナは覚悟を決めてはいても、心から望んだ攻城戦ではないのだ。怖いイベントは引き延ばされるよりも、そうそうに終わらせたい。さっさと介錯をしてほしいという願いなのだろう。

「我がグングニルはおまえを貫くことはない。これまで通り安心して籠城してろ」

一度矛を収めると告げたからには、今更攻城戦を望むことはできない。イベントは無期延期であることを告げた。

爆速タイピングが鳴り止んだ。

なにを思い巡らせているのか。

『なら、巨乳JK美少女の面目躍如として、グングニルの整備員として頑張るぞい』

十秒ほど経つと、十本指によってキーボードが悲鳴を上げた。

「整備員は募集していない」

『リコーダーは得意だったっすよ？』

「我が矛はこれまで通り、自分で整備する。おまえが心配することじゃない」

猛打から開放されたキーボードの叫びは鳴りを潜めた。

今度はいたぶり続けたキーボードをゆっくりと、そして労るような音がする。

『迷惑をかけるのに、なにもしないわけにはいきません』

いつものお調子者が一転。レナとは違う少女の顔がそこには覗いていた。

五年越しのコーハイは、顔も知らぬ男相手に恋などしておらず、献身はやはり対価であり責任感であった。

残念だ。センパイと戦場を駆け抜けたいです、というのを一割くらい期待していた。そうしたらグングニルを振るうのもやぶさかではなかったが、そんな都合のいいことがあるわけがなかった。

こうなれば城門の代わりに、センパイとしての面目を貫くしかあるまい。

「いいか、俺にとっておまえはなんだ？」

『ただの巨乳ＪＫ美少女です』

　爆速タイプ音に迷いはなかった。

「おまえその看板ちょっと気に入っただろ」

『てへ』

「じゃあ逆だ。おまえにとって俺はなんだ？」

『センパイです。それも人生の』

「おまえのセンパイは、支援要請を求めるコーハイの弱みにつけ込み、攻城戦を仕掛ける奴なのか？」

　仕掛けたかったところなのだが、ここまで来たらもう後には引けない。

　まさかこの俺が、耳触りがいいだけの中身のない綺麗事を、真面目な顔で吐き出す日が来ようとは。この口から反吐が漏れ出たことに、滑稽すぎて笑いそうになった。

　返信が止まって一分ほどか。

　押し殺すような嗚咽がこの耳に届いた。

　爆速タイプの餌食となっている、虹色に輝くキーボードのものではない。少女の喉からもたらされた、抑えきれない感情の発露であった。

『センパイは自分のセンパイっす』

「おう」

滑稽な姿がレナにとって救いとなったのなら、道化を演じた甲斐があったというものだ。

しばらくの間、キーボードが悲鳴を上げることはなかった。

押し殺すような嗚咽は、俺に聞かせまいと努力はしたのだろう。しかし俺たちを隔てるのは薄いふすま一枚だけ。その声が届いてしまっているのはわかっているはずだ。キーボードに十分もの間、恩赦を与えられたのがその証である。

黙って待っていたのは、それがレナのためになると考えたからではない。いつものように楽なほう楽なほう、なすがままに対応を未来の自分に投げたにすぎない。

人生経験値が高ければ、ここでふすまを開き、『さあ、その涙をこの胸で拭え』と腕の中に飛び込んでくるのを促す選択肢もあったかもしれない。実際、それを考えた。

だがふすまを開いたことにより、ウグイスが飛び去り森の中に立ち尽くすハメになっても困る。ここはグッと堪えることにした。

『はー、やっぱりセンパイはセンパイっした』

そうやってグズグズとしていると、キーボードに鞭を打てるくらいには回復したようだ。

『中身がイケメンっすね』

美少女にそのように評されることはとても喜ばしいことである。

なのでここは一つ、突っ込んでみることにした。

「外見は？」

『ノーコメ』

「攻城戦を仕掛けてやるから待ってろ」

『きゃー、犯されるー！』

レナはいつもの調子を取り戻したようた。

そして美少女女子高生の目から見て、俺はイケメンではないという、冷静かつ残酷な現実が突きつけられた。

『冗談は置いておくとして、攻城戦を覚悟してきた身としては、センパイのご尊顔にホッとはしましたね』

「ホッと？」

『いくらセンパイを崇めてる自分でも、生理的嫌悪を抑えるにも限界がありますから』

爆速タイプはすっかり息を取り戻した。

『ステレオタイプのキモオタが来たらどうしようって、それだけが一番の気がかりでしたから。よくてチー牛だろうと思ったところに、ザ・社会人みたいな人が来て、人生で一番安堵したっす』

どうやら随分と失礼なご尊顔を想像していたらしい。

不当だと声を高らかに上げることはない。今まで教え込んできた世界が世界。ここは甘んじて受け入れよう。

「ま、実際社会人だ。清潔感と身だしなみくらいはしっかりしないとな」

『やっぱりセンパイはセンパイっすね。そういうのを怠らずキッチリしているのは尊敬するっす』

俺の外見はどうやら好印象だったようだ。

レナのような美少女に、ここまで褒められるのは素直に嬉しいし誇らしい。底辺集団でトップを独走してきてよかった。

「で、外見の評価は?」

『ザ・社会人で安心しました』

「今からそのたわわを収穫してやるから待ってろ」

『きゃー、犯されるー！　誰か男の人を呼んで！』

やはりレナはどこまでいってもレナである。一メートル圏内にいながらこれだ。

こちらもまた、身体的特徴をあげつらってもセクハラ扱いにならないだろうと開き直っていた。

初めての顔合わせにより、お互いいつもと少し違った距離感があった。それがもう完全に噛み合って、お互いに十分なエンジンがかかってきた。

だからそろそろ、本題に入ってもいいだろう。

「それで、なんで家出なんてしたんだ？」

『最初に言った通り、親と将来の話で敵前逃亡っす』

さもありふれた話だろ、とレナは軽い。

「顔も知らん大人の男を頼りの綱にして、飛行機の距離だぞ？　アテにされた身としては、少しくらい話を聞かせてもらいたい」

女子大生ならまだわからぬことはないが、レナはまだ女子高生。二つの開きはとても大きい。計画性もなく衝動的に飛行機の距離からやってくるとか、並大抵なことではない。

『そこまで大した話じゃないっすよ。ほら自分、巨乳ＪＫ美少女じゃないですか』

「気に入りすぎだろその称号」

『えへ』

レナのノリはどこまでも軽い。

『それに加えて、対人恐怖吃音症パラレキニートクソ陰キャ。ま、そういうことっすよ』

ほらよくある話でしょ、と。

ここまで言われてわからないわけがない。

レナがどこまでも俺が知る通りのレナであっただけの話。それが大学生から高校生へと情報が更新されただけだ。

「不登校のヒッキーに、親がついに大激怒か」

『イエス。中学までは登校してても保健室。それもテストのときだけ。そんなのが高校なんてまともに通えるわけないじゃないっすか』

今こうして会話していると忘れてしまいそうになるが、レナのコミュ障は絶望的だ。こんな有様で高校に通えというのは、まったくもって無茶な話だろう。

『先月の入学式で、心が秒で折れたっすよ』

さらっととんでもない事実を突きつけられる。

「……先月の、入学式?」

今は五月一日だ。

『そう。ワイはピチピチにピチピチピチな巨乳ＪＫ美少女なんや』

「まさかおまえの歳って……」

『自分を嫁にしたいなら来年の三月まで待ってくれっす』

「おいおい……俺と出会ったのっていつの頃だよ」

『悟りが開かれたときですね。あれはまさに、運命の出会い。ネットの世界を手取り足取り指南され、今やこんな立派に成長しました』

誇らしげでこそあるが、レナは立派とは無縁の存在である。そしてその中身を与えたのは誰でもない自分であった。

俺が……小五ロリをここまで育て上げてしまったのだ。

責任感と罪悪感に潰されそうになったが、弁明くらいはさせてもらいたい。

ネトゲで知り合った初心者プレイヤーの中身が、小五ロリだと誰が思おうか。

毎日レナはがっつりネトゲにログインし、すぐにベテランプレイヤーの座へと上り詰めていった。ただしそれは現実の時間を捧げることで得られるもの。ネトゲの地位や栄光を得るということは、現実のヒエラルキーを一生懸命下山しているようなものだ。

そんな有様で『成績大丈夫かこいつ？』と懸念を抱いたが、中学からの自分と似たようなもの。不登校でこそなかったが、私事の時間は常にパソコン前。プログラミングにその頃から精を出していれば、社会的地位は今よりも高かったかもしれないが、社会に出て役に立つことはまるで積み上げてこなかった。だからレナをわざわざ咎め注意するほど無粋ではなかったのだ。

「入学式で折れたのは、底辺高校特有のヒャッハー集団に馴染めないからか?」

そんな有様でまともな高校に進学など無理だ。それこそ地元の不良すら忌避する、三時のおやつが出るような高校だろう。こんなコミュ障な巨乳JK美少女など一瞬にして餌食。瞬く間に開封される未来が見えている。

『は?　舐めんな。自分が入学したのは、底辺お断りの進学校っすよ』

だというのに、ネトゲ廃人には似つかわしくない高校だと語るのだ。

「ネットに引きこもってるおまえが、そんなの入れるのか?」

『学校では常に一番高いところに君臨してたっすから。自己採点ですが入学試験も満点。ペーパーテストとかクソチョロすぎ』

「マジかよ」

『勉強なんて遊びの片手間で十分十分。なぜこんな簡単なこともわからないのか、わからない系女子っすよ。カァー、神童すぎてマジ辛いわ!』

いつものごとく自信満々に、自らを神童だとレナはのたまった。

ふすまの向こう側では今、どんな顔を浮かべているのだろうか。確認してみたいところだが止めておこう。桃を投げつけながら黄泉比良坂《よもつひらさか》を全力疾走するのはゴメンである。

確かにレナは一度教えたことは二度聞かぬ。一を教えると次話すときは十を知っている状態だ。

どうやらそれは趣味だけではなく、全てのものに当てはまるようだ。

『ま、そうやってＩＮＴ全振りだから、リアル対人スキルがゴミすぎる件について』

その反動で、社会を生きぬくのに致命的な弱点を抱えたようである。

「わざわざそんなコミュ障が、なんで進学校なんて受けたんだ」

『自分もそこは高卒認定でちょちょいと終わらせたかったんすけど、我が家は半上級国民なんすよ。通信高校の妥協も許されなかった結果が、ごらんの有様だよ』

「保健室登校は？」

『高校は義務教育じゃねぇぞとロジハラされるのがオチ。私立だからなおさらっすね』

これ以上ない正論であり現実である。

『いくら結果を出せば放任主義な親でも、高校すら満足に通えない有様についにブチギレ。結婚できる歳になった暁には、上級国民ジジイの慰みものに出すと言われたんすよ。その様はさながら戦国時代の縁繋ぎの道具。フェミさんたちブチギレ案件すよ』

ようやく一番知りたかった答えがもたらされた。

顔も知らぬ成人男性をアテにして、飛行機の距離を家出してきた真の理由。文字通り必死となって、逃げなければならない状況に追い込まれたのだ。

「だからこうして逃げ出してきたのか」

『あれはマジな顔でしたね。東京の姉さんのところへ行きます、って書き置きを残して敵前逃亡。どうせ連れ戻せる場所にいるならしばらく放置と、時間は稼げるはずっす』

「しばらく放置って……娘が飛行機の距離を飛び出したんだぞ？　心配くらいするだろ」

『しませんよ。うちは片親なんですが、父は子供自体に興味ありません。あるのはあくまで子供が生み出し成果だけ。自分たち姉妹に投資してきたのは、自慢の子供というブランドの維持のためっすから』

たった十五歳の少女が、親をこう評するのはどれだけのことだろうか。

俺も素晴らしき親に恵まれたわけではない。だから同じように達観し、所詮あんなクソ親だからという境地に達したのは二十歳のときだ。

憐れむつもりはないが、五年の付き合いの裏に隠されていた、レナの境遇に複雑な気持ちを抱いた。

「待て、東京の姉さん？」

だから親の話はもういいと、こっちの事実に気を取られたのだ。

『姉さんは東京大学に通うのに、三月からこっちで一人暮らし中なんすよ』

東京の大学ではなく、二つの熟語が地続きだ。どうやら姉妹揃って神童のようだ。

「じゃあ、宿は俺をアテにして来たわけじゃ……」

『さすがの自分もセンパイ全振りなんて無謀な真似はしませんよ。こうして頼ったのは目的の二の次』

「二の次？」

『はい。ガチでセンパイとオフ会しに来たっす』

オフ会。東京上陸を知った第一報。

まさかそれが本当の目的だとは思わなかった。

「ネット弁慶がよく、オフ会したいだなんて思ったな」

『自分にはセンパイ以外、心を開ける相手がいないんすよ。いい機会だし一度くらいは、センパイのチー牛面を拝んで見たかったんす。ザ・社会人が来ていい意味でビビったっすけど』

「よりにもよって俺以外にいないって……お姉さんはどうなんだ？　そんなにあたりが厳しい人なのか？」

『姉さんは優しいですよ。自分のことを世界で一番想ってくれてるっすから』

家族でクソなのは親だけのようで安心した。レナにはちゃんと、大切にしてくれている家族がいるようだ。

『でも優しいだけで、自分の気持ちには寄り添えない人っす。今回も頼りたくはなかったっすけど、背に腹は代えられません』

ただし良かった良かったと、喜ばしいだけで終わるものではないようだ。

「気持ちに寄り添えない?」

『自分の対人スキルは、学校に行けばそれだけで向上するものだと信じてるんす。アレルギーは食べれば治るとのたまう、昭和のクソトメと一緒っすね』

世界で一番想ってくれている姉を、昭和のクソトメ扱い。二人の関係が良好でないのはそれだけで感じ取れた。

『そんなわけでセンパイとオフ会できただけで、当初の予定は大方完了しました』

「オフ会とか言ってるが、おまえがやってることはいつもと同じだからな」

声を出しているのは俺だけだ。これならレナが札幌にいても、メッセンジャーアプリ一つで同じことができる。

『いやいや、自分の中にあったセンパイ像が、チー牛からザ・社会人に更新されただけで、大きな収穫っす』

そんな軽口をレナは叩く。

一番の目的は俺とのオフ会。宿として俺をアテにしたのは、会う口実だとばかりに。

これはこれで、おかしい話である。

なにせレナは覚悟を決めて、こうしてこの家に上がったのだ。それこそ攻城戦の無期延期と知って嗚咽を漏らすほどに。

まだ、なにかあるのだろう。

「当初の目的は叶ったが、この後はどうしたいんだ？」

『現実逃避がしたいっす。満足したら姉さんのところへ行きますから、それまでの間、置いてもらいたいなー、って。チラッ？』

現実逃避。

先程もたらされたのが家出をした真の理由であれば、こちらは真の目的である。

「満足したら行くって言うが、仮にも高校生だろ？　それまでどこにいたのか、お姉さんにはなんて言い訳するんだ？」

毎晩の宿を得るための自宅警備員雇用願い。

レナがしたい現実逃避は、一日二日のことではないだろう。いや、一日二日でもまずい。家出してから姉を訪ねるまでの空白期間。どう過ごしてきたのか問い詰められる案件だ。

言い訳と嘘を塗り固めたところで、納得されるのは簡単なことじゃない。

『大した言い訳なんて必要ありませんよ。巨乳ＪＫ美少女ブランドを活用して、ギルドでパーティー募集をかけた。それだけで十分っす』

「おいおい……」

『あ、もちろんセンパイを売るような真似は絶対しません。そこは信用してもらえると嬉しいっす』

軽いノリでレナは言うが、そんな心配は端からしていない。

ギルドでパーティー募集。それがネトゲ内の話ではないのは明白だ。

神待ちやらホ別やら苺やら割り切りやらの隠語が飛び交う、大人のインスタントな男女交際募集だ。身を切って東京の夜を乗り切ったと、堂々と宣言するつもりなのだ。

レナもそのことを軽く考えてはいないだろう。家族からどんな目で見られるのか、反応をされるのかも想定しているはずだ。

『センパイ。自分はもう人生詰んでるんすよ』

レナの主張はそれで構わないであった。

『今回のことで、姉さんに泣きついても無駄っす。優しくはしてもらえますが、最後には学校へ行くよう諭されるだけ。アレルギーは必ず治る。最初は辛いかもしれないけど、頑張って食べてみよう。貴女のためを思って言っているの。大丈夫、絶対によくなるから。だって貴女は私の妹だもの。さあ、頑張ってアレルギーを食べなさい、って』

それは実際に言われてきたことなのだろう。

自分のことをわかってもらえない憤りか、はたまた悲しみか。

『姉さんは優しくても甘い人じゃない。辛いかもしれないけど、皆そうやって生きているんだってロジハラしてくるんすよ。人生甘ったれている自分に、優しくしかしてくれません』

姉への想いは憎しみか、

『家では父に怒られて、姉さんを頼れば優しくされる。相反したことのようで、求められることは同じ。いいからアレルギーは食べて克服しろ、ってね』

はたまた諦念か。

『いや、もう無理っすね。自分が一番悪いのがわかっているのと、できるのはまた別っすから』

キーボードに八つ当たりするかのように、その打音は激しかった。

『センパイ。自分はもう、人生詰んでるんすよ』

また、同じ言葉を繰り返す。

人生詰んでいる。

自暴自棄に追い込まれるほどに、レナの心はすり減っていたのだ。顔も知らぬ成人男性にしか心が開けず、現実逃避がしたいと縋ってしまうほどに。

レナは覚悟を決めて会いに来たのではない。逃げ場のない状況に陥り、覚悟を決めねばならないほどに追い込まれたのだ。

『巨乳JK美少女なんて驕りこそはありませんが、巨乳JKとしての誇りはありました。だからセンパイと戦場を駆け抜けながら、現実逃避に付き合ってもらいたかったんす』

現実逃避のためならば、もうなりふり構ってはいられない。自らが持つ価値ある対価を切り売りして、現実から逃げ出し夢の世界に耽りたかったのだ。

夢が醒めたその先には救いなどなくてもいい。

現実に戻った後のことはなにも考えてすらいない。

付き合いはたった五年。けれどレナにとって人生の三分の一。

一閃十界のレナファルトは、その場しのぎの支援要請を求めているのだ。

『それが攻城戦はしないって言われたら、自分は迷惑をかけるだけの存在っすね』

成人男性のもとへ、女子高生が転がり込む。レナは正しい形でその意味をわかっている。

いくら戦場で肩を並べた事実も、整備員としての業務がなかったところで、表沙汰になれば俺がたどる末路は決まっている。我がご尊顔と真名がお茶の間デビューし、ネットでは羨ましい妬ましいとこぞって叩かれるのだ。

今回の家出。レナは人生を賭けたのかもしれない。

直前となって俺と連絡を取り、ダメだったならそこまで。大人しく姉のもとへと転がり込み、予定調和の詰んだ人生のレールへと戻る。

だが連絡はついてしまった。こうして家まで上がり込んでしまった。

なら当初の目的通りレールを外れ、唯一心を開ける相手のもとで現実逃避をする。

どちらにせよ、この先に待ち受けているのはろくな未来ではない。

レナの賭けは、行き止まりの道で終わりを待つか。堕ちるところまで堕ちるかの違いだ。

レナは後者のほうに、希望ですらない一時の夢を求めたにすぎない。

真の意味で、レナを救うことは俺にはできない。

俺はいつだって楽なほう楽なほうへと流されて、向上心もなく現状維持。やるしかない状況に追い込まれることで、ようやく重い腰を上げ対処に当たる。買ってもいない宝くじが当たるかのような幸運を待ち望み、未来を見据えた努力をまるでしない。模範的なろくでもない底辺社会人だ。

人生のセンパイだなんて慕われているが、レナに新たな道を示し、導き、自らの足で未来へと歩んでいくお膳立てなどしてやれない。

できることがあるとすれば、精々望みを黙って叶えてやることだけ。

一緒に問題から目を逸らし、未来のことなど考えず、無責任に甘やかしてやることくらいだ。一時しのぎでその心を癒やしてやることはできても、長い目で見れば、決してレナの人生のためにはならない。

なにより、女子高生を部屋に連れ込むだけでも不味いのに、自宅警備員として雇用するなど社会的リスクが重すぎる。

俺が死ぬほど嫌いな言葉は責任だ。保身に走ることに関しては、他の追随を許さない俺はいつだって、責任を他人になすりつけて生きてきた。仕事の責任すら負いたくないというのに、社会的責任を被るなんて死んでもごめんである。

レナもそんな俺の人間性は、ガミの次によくわかっている。だから攻城戦や整備員として買収しようとしたわけだ。

家出少女が差し出せる最大の対価。それを拒むと決めたからには、レナを受け入れるメリットなんてないに等しい。いくら五年の縁があるとはいえ、レナをここで帰すのは不義理ではないのだ。

どれだけ可哀想な身であれ、家出してきた子供を匿うというのは、社会的責任が重いのだ。それこそ表沙汰になれば、社会のレールの上で築いてきた全てを失うほどに。

悪いがおまえを自宅警備員として雇用はできない。

そう伝えようとしたとき、とある顔が脳裏に浮かんだ。

学校だけではなく家でも頼れる相手がいない。逃げ道がない。そう信じ込んだ奴がどのような末路をたどったのかを。

……ああ、だからか。

この肩にのしかかっているものが、急に重みが増してきた。同時に俺のような人種が、そんなものに重たさを感じる日がくるとは。そんな自分に驚いた。

最後の最後の手段。

「ま、乗りかかった船だ」

どうでもいい奴ならともかく、レナにその道を選んでほしくない。

「いたいだけいたらいい」

自然と出てきたのは、保身に走ることにおいては一人前の俺にとって、どこまでも誤った方針だ。

ふすまの向こうから「えっ……」なんて声が漏れてくる。呆然としたような軽い打音は短く鳴った。

『でも』

レナは今、どんな顔をしているだろうか。息を飲むような、そして躊躇《ためら》うような静けさが漂ってきた。

ここでふすまを開け、その頭にポンと手を置いて『今まで辛かったな。大丈夫だ、俺だけはおまえの味方だ』なんて無責任なイケメンっぷりを発揮できるのなら、この胸元には立派なたわわが押し付けられるかもしれない。熱い抱擁の果てに二人は幸せなキスをして終了、ハッピーエンド、完。

なんて行動に移せる胆力があれば、今頃とっくに戦乙女を仲間にし、今日も元気に戦場を駆け抜けている。ふすまを開いた先で煙を浴び、ジジイにクラスチェンジしても困る。

「その代わりだ。俺のことは絶対にバレないようにしてくれ。嫉妬に狂ったネット民の玩具はマジ勘弁だ」

ここはグッと堪え、得意の保身に走ることにした。

『それは勿論です。センパイを売るくらいなら、無敵の人としてこの名を世間に轟かせ、家族親戚田中もろとも道連れっす』

「田中が理不尽すぎる」

レナはいつもの調子でネタを挟んでくる。それを笑いながら拾って、丁寧に返した。

『センパイ、ありがとうございます』

真っ直ぐなまでの感謝。

『こんな自分を受け入れてくれてほんと感謝。そんな貴方に感謝。こんな友にマジ感謝』

ネタを挟まなければ死んでしまう病に侵されているレナは、すぐにまたネタへと走った。

これは発作なのか、はたまた照れ隠しなのか。

「ラップの感謝率は異常」

『センキュー！　センキュー！』

「今どんな顔してんのか見にいくわ」

『ノーセンキュー！』

立ち上がった気配を察したのか、ガタッ、という物音と共に「ひゃ！」という小さな悲鳴。それがおかしくてつい笑ってしまった。

「後はあれだ。家事くらいはやってくれ。それだけでだいぶ助かる」

『お手伝いさんありきのパラヒキニートに家事ができるとでも？』

「カァー、ただのクソザコナメクジかよ！」

『そこはご指導ご鞭撻お願いっすね。神童なんでゼロが一にさえなれば、後は戦いの中で成長していく系っすから。そのままメイド王に俺はなる！』

「対人恐怖吃音症パラヒキニートクソ陰キャ巨乳ＪＫ美少女メイド、カッコ未開封の誕生である」

『我がことながら属性過多すぎてマジで草』

ふすまの向こうから、くすりという音が聞こえてきた。

とんでもない決断をした気もするが、そんなことはまるでない。なにせ決断なんてなにもしていない。

ただいつものように、無責任な方向へと流れただけ。

楽なほう楽なほうへと、未来の自分に責任を投げたにすぎない。

『センパイ』

当人同士の同意の上でも、これは褒められた決断ではない。あらゆる詭弁を弄そうとも、表沙汰になればこぞって社会は牙を剥く。

我がご尊顔と真名は日本中へと知れ渡り、嫉妬に狂ったネット民に羨ましい妬ましいと叩かれる未来が待っている。

そんなリスクを背負ってしまったが、胸の内に湧き上がる思いはただ一つ。

『あなたに会いに来てよかったです』

ま、なんとかなるだろ。

楽観的ないつものそれだ。

◆

そこに訪れたのは、開店時間の一時間前。

日常と非日常の境界線。重厚たる扉を二日続けてくぐり抜けると、開店前の作業を一通り終えている、ガミの姿がカウンター席にあった。

なんの面白みのないほどに、店に訪れる度目にするその光景。些細な変化が見受けられるとすれば、出迎えてくれるのではなく、待ち受けていたというガミの態度であろう。

「昨日は急に悪かったな」

「いいわよ。私好みの面白いことなんでしょう？」

ニヤッ、と口端を上げたガミは、昨日と変わらぬ足取りでカウンター内へと回っていった。

そんなガミに倣いながら、いつもと変わらず指定席へと腰を下ろす。

グラスに注がれたビールと共に、

「それで、なにがあったのかしら？」

昨日どのようなトラブルが起きたのか、という期待を差し出された。

まずは一口目。グラスを半分ほど空ける。

「自宅警備員を雇用することになった」

一晩あらゆる想像を働かせていたであろうガミも、この結論は突拍子もなかったのか。眉間に刻まれたシワは、客前では決して見せたことがない有様だ。

あのガミにこんな顔をさせたことに、一本取った愉快さがあった。

「レナのことは、何度か話したことがあっただろ?」

「ええ。タマの悪影響を存分に受けた、ネットのお友達でしょう?」

「一言余計だが、まあその通りだ。そいつから昨日、自宅警備員として雇ってくれって連絡があったんだ」

「それにタマは、ああ、雇ってやるぞと言ったわけ?」

「今まではこき使われる側だったからな。こき使う側に回るのも悪くないな、ってな」

「……家出?」

「親とモメたらしい。札幌から俺をアテにして、この飛行機の距離を逃亡してきたんだ」

ガミの話の早さに倣うよう、あっという間に一杯目を空にした。

差し出したグラスを受け取るガミだが、その顔には特別な感慨は浮かんでいない。俺の家に転がり込んできた、という点を加味しても、家出なんて珍しくもなんともない。むしろここから、どう広げれば自分好みの面白い話になるか。

持ち込まれた話題は、期待外れもいいところかもしれない。

二杯目のビールを注いでいる背中は、そんな感情を物語っていた。

「そんなわけで現在、我が家には巨乳ＪＫ美少女が滞在している」

だから期待外れな話ではないぞと、その背中に抱えてきた爆弾を放り投げた。

ガミは肩越しに振り返り、

「……は？」

初めて聞くような間抜けな声を漏らした。受け取った爆弾の意味を理解するのに気を取られているのか、グラスに注がれているビールは溢れてなお、止まる様子がない。

「だから女子高生が、あのホラーハウスに転がり込んできたんだ」

泡の比率もクソもない、黄金色一色のビシャビシャなグラスを受け取りながら、ガミの反応を黙って窺う。

沈黙は十秒を大きく上回り、その三倍ほどの時間を費やした頃であろうか。

「ギャハハハハ！」

およそこの店に相応しくない、下品なほどのゲラゲラとした笑い声が響き渡った。

もちろん、俺が上げたものではない。かといって第三者が店内に転がり込んできて、笑う門には福来るを体現したのでもない。俺が訪れてからずっと、店内は二人きりである。

だから音の発生源は俺の目の前にいる人物、ガミ以外に他ならない。

でもそれはそれで、異様な光景であろう。

なにせモデル顔負けの美人が、腹を抱えながらカウンターを叩きまくっているのだ。あられもないその姿は、羨望を向けられるほどの大人の女性が、決して見せていいものではなかった。

ガミを慕う常連たちには信じられないであろう異様な光景。もしここで常連、それも女の子でも入ってきたら、恐怖体験そのものだ。

そんなガミを前にして俺が浮かんだ感情は、戸惑いでも、驚愕でも、そして畏怖ですらもなかった。

懐古である。

人体改造がその身に施される前。美女が美少年であり、まだ子供として扱われていた時代。十二年もの間、同じ教室であり続けたクラスメイトが美女の中に蘇ったのだ。

社会的に許されないルール違反。

報告されたガミは咎めるでもなく、たしなめることもなく、

「やるなタマ！　見直したぞ！」

天晴れと称賛したのだ。それこそ同郷の知人が、金メダルを手にしたことを喜ぶかのご

とくだ。

ガミの人間性がよくわかる一幕であり、素直にルール違反を告白した理由でもあった。下手に隠し後から知って、『こんな面白そうな話、よくも黙っていたな』となるほうが厄介なのだ。

爆笑されるとは思ったが、まさかここまでツボに入るとは。再会してから一度も崩さなかった女としての立ち居振舞いから、あっさりとかつての男としてのあり方を引き出した。ただし人体改造によって男の声が失われているので、チグハグさだけは拭いきれなかった。

「俺はちゃんとわかってたぞ。おまえはやればできる男だってな」

ガミはルール違反を褒め称えながら、新たなグラスにビールを注ぎ始めた。

死ぬほど笑いすぎて、二杯目を注いだことも忘れてしまったのかこいつ、と思ったが違った。黄金比を無視した一色に染まったグラスを、ガミは景気づけのように一気に呷ったのだ。

「プワッー!」

女性としての所作を投げ捨てたガミの姿は、それはもう男らしいものであった。

「おいおい……。開店前だろ?」

「バッカ言え。こんな面白い酒の肴が持ち込まれたんだ。店なんて開けてる場合じゃねぇよ」

続けざまに二杯目を注いでいるガミは、それはもうご機嫌である。

今日はゴールデンウィーク中の土曜日。オフィス街ならともかくとして、ここは下町情緒溢れた飲み屋が広がる街である。稼ぎ時にも関わらず、店を開けている場合じゃない、と思いつきのように決めて大丈夫なのかと懸念したが、すぐに大丈夫なのだと考え直した。なにせこの店は、ガミにとってただの趣味。店の売上が悪かろうと生活に支障はなく、飽きたら気軽に辞められるものにすぎない。

それはガミが資産家の親に恵まれたわけでもなければ、株やFX、仮想通貨などで億り人になったからでもない。かといって宝くじに当たったのでもない。

怪しい資金源を抱えているのだ。

高校卒業後、伝手で東南アジアへ飛んだガミ。成功を収めて帰国してきたようだが、ガミのことだ。真っ当な手段だけで乗り切ったのではなく、後ろ暗い手段を積極的に重ねてきたはずだ。

なにをやってきたのかは知らないし、これからも聞くつもりはない。俺はなにも見ていない、聞いていない。だからなにも知らない、あーあーあー、とこれからも両耳を塞ぎ、余計なことは知らぬ存ぜぬを通すつもりだ。

「あー、しっかし笑った笑った。こんなに笑ったのは、いつぶりだ?」

笑いすぎて涙が出たのか、ガミは目頭を拭った。

「俺が知る限りは、高三以来だな。電話越しだが、朗報を伝えたときそんな風に大爆笑だったぞ」

「ならこうして笑うのは、あんとき以来だな」

どうやらこのように笑ったのは、あのときの祝杯以来のようだ。

人の不幸しかり、ルール違反をこうして笑い飛ばすガミを見ると常々思う。本当にこいつは、昔からどうしようもない奴だなと。

つまるところ人の不幸を笑える、同族《おなかま》ということだ。

「しっかし、あのタマが面倒事を家に持ち帰るとはな。しかも女子高生? 一体いくつのガキなんだ」

「自分を嫁にしたいなら、来年の三月まで待ってほしいそうだ」

「おいおい、まだ五月も始まったばかりだぞ? マジもんのガキかよ。こりゃヤベェな」

ヤベェと口にする割には、その顔は愉快さに満ちている。ライブ感を大事にしながら、他人事をこれでもかと楽しんでいるのだ。

「しかもタマをアテにして、わざわざ飛行機で飛んできただって? 頼るにしても、もっとマシな奴はいなかったのかよ」

「パラヒキニートに友達なんているわけないだろいい加減にしろ、とキレ芸を発揮するくらいには、選択肢はなかったようだ」

「頼れる相手がおまえだけとか、人生終わってんな。ギャハハハ！」

カウンターを何度も叩きながら、ガミは美味そうにビールを飲む。どうやら酒の肴が最高のようだ。

人生終わっている。

ガミはネタにしたつもりだが、これが事実を正しく突いている。だからレナを雇用したのだから。

「多分、レナはその一歩手前だったんだよ」

「あ？」

「学校だけじゃなくて、家にも逃げ場がない。そう思い込んだ奴の末路は、ガミもよく知ってるだろ？」

「まあな」

懐かしむでもなく、憂えるでもなく、ガミは鼻で笑った。

「今頃あいつ、なにしてるんだろうな」

わざわざガミは、わかりきっている話を振ってきた。

あれに思い馳せているわけではない。ただ俺がどう返すのかを見ものにしているのだ。

「なに。きっと今も元気に、職務をまっとうしているさ」

「なんの職務だよ」

「そんなの決まってるだろ」

あれから今年で八年か。大人になれば考え方が変わり、憂いや後ろめたさなど覚えるかと思ったが、そんなことはまるでない。

「河原で石積みだよ」

あのときの子供は誓った通り、ろくでもない大人へ立派に成長を果たしていた。

予想通りというよりも、見込み通りの答えにガミは、満足そうに「ギャハハハ！」とカウンターを何度も叩いた。

「ここでレナをお祈りすると、残された就職先はそこしかないからな。レナにあんな職に就かれるのは、目覚めが悪かったんだ」

「だから雇用してやったってか。いくらなんでも考えすぎじゃないか？」

「頭ハッピーセットのＪＫならともかく、レナは小学生から不登校を貫いてきた引きこもり。吃りに吃り散らかすほどのコミュ障だ」

一口ビールを含み、喉を濡らした。

「そんな奴が飛行機の距離からやってきて、こう言い出すんだ。覚悟は決めてきてるから、優しくしてくれってな」

「……ああ。確かにそれは、一歩手前だな」

「あんな子供がどんな人生送れば、顔も名前も歳も知らん成人男性に雇われる覚悟ができるんだかな」

上級国民ジジイの慰みものになるのが嫌だから、レナはこうして逃げてきた。それなのに逃亡先で、身体を張ろうと覚悟を決めたのだ。相手が俺に変わっただけでやることは変わらない。

底辺職にだけは就きたくない、という強い意思があるわけでないのなら、戦場行きのほうがよっぽど辛いだろうに。

「どうであれその子供は、河原で石を積むよりは、おまえを楽しませる道のほうに救いがある、って考えたわけだろ」

どれだけ悲惨な人生だろうと、他人がどれだけ不幸になろうとガミが共感するわけがない。

「ろくでもない大人共が悦ぶ垂涎の一品。向こうからわざわざ、どうぞ召し上がれってやってきた。お味のほうはどうだった?」

それよりも下世話なパパラッチたちが大好きなネタに、興味津々というわけだ。

「なんでもう食ってる前提なんだ」

「なんだ、まだだったのか。ま、時間もあるようだし、大人の余裕でも見せたいってところか。なら、この後のお楽しみというわけか」

「……今のところ楽しむ予定はない」

「はぁ?」

「ガミ。遵法精神って知ってるか?」

「運転免許と一緒だ。そんなもんなくても、バレなきゃ捕まらないんだよ」

遵法精神とは無縁のガミはバッサリと切り捨てた。

「そもそも無免許運転を始めた奴に、そんなくだらんもん問われたくねぇよ」

まさにその通りであり、そこに反論の余地はない。

「実は人に寄り添う心を尊んでるんだ」

「嘘つけ。そんな素晴らしい精神、おまえに宿るわけがないだろ」

「名誉毀損だな。謝罪と賠償を要求する」

空のグラスを差し出す。

ガミは謝罪こそないが賠償の用意を始めた。その間に次の一手を考える。

この話はなんとかしてはぐらかし、有耶無耶にしたい。

「手を出さないのはどうせあれだ」

なぜか。

「タマ風に言うなら、いざ戦場を前にしてビビったんだろ？」

賠償と一緒に嘲笑を差し出されるのかわかっていたからだ。

「童貞をこじらせた末路がこの様か」

「ファッキュー！」

「語彙の放棄は、言い分を認めたってことだな」

中指を立てられているにも関わらず、ガミはケラケラと笑っている。

この歳で経験がないといじられるのは、辛いを通り越してただただ惨めである。だから
なんとかしてこの話を流したかったのだ。

一通りガミに笑われた後、昨日の出来事を一から、根掘り葉掘り聞き出された。

「バッカだな、とっとと食っちまえばいいのによ。ま、これはこれで笑えるがな」

「他人事だと思って面白がりやがって」

「この世で起きる問題や不幸は、他人事だから面白いんだろ」

ガミの愉快そうな顔は、そんなこともわからないのか、ではない。そんなことも忘れたのか、だ。

もちろん忘れたことは一度もない。公の場では口にできない世界の真理である。

「無償でヤベェ爆弾を抱え込むなんて、随分と思い切ったことをしたな」

「無償じゃねーよ。家のことくらいは、覚えてでもやってもらうつもりだ」

「そんなもん、ガキを抱え込むリスクと比べりゃおまけみたいなもんだろ。保身に走ることに関しちゃ一流のおまえが、旨味を口にしないで爆弾だけ抱えるとか。焼きが回ったもんだな」

ガミは見世物に喜ぶ子供のようだ。

「ま、いいぜ。面倒は見てやるよ」

「まだなにも言ってないぞ」

「こじらせ童貞と箱入りヒッキーの同居生活なんて、困ることも色々と出てくるからな。素直に白状しにきたってことは、その辺の願い事ありきってことだろ」

ガミのニヤッとした口端は、お見通しだと語っていた。

実際、見抜かれた通りであった。

レナをいつまで雇用し続けるかはわからない。それでもゴールデンウィーク中だけの短期アルバイトではなく、長期雇用を見据えていた。

そうなると、レナにも必要な日用品が出てくるはずだ。女とは無縁の人生を送ってきただけに、女が必要なものなど、なにがわからないのかわからない状態である。本来は必需品であっても、レナは遠慮して素直に欲しいと言えないかもしれない。

その点、ソシャゲの性別変更感覚で、女となったガミは詳しいだろう。詳しいだけではなく、女だけに許された聖域に足を踏み込むことができる。協力を取り付けることができれば百人力だ。

普通であれば、ルール違反の手助けをしてくれなどと頼めるわけがない。でもガミはルールやモラルを笑って踏みにじる、非道法の享楽主義者。面白がって手を貸してくれるという目算はあった。

それでも、こちらから頼む前に協力してくれると言ってくれるとは。

「その代わり、あったことは全部吐き出してもらうからな」

つくづく今回の件は、ガミにとって愉快な見世物なのだろう。

◆

今後の打ち合わせやレナの話を早々に終えると、後は昔話に華を咲かせていた。興に乗ったガミの酒に付き合う形になったのだ。

結局、店に四時間ほど居座ることとなり、話の一区切りを狙って席を立った。ガミは話足りなそうにしていたが、レナをホラーハウスで一人にしている。問題は起きないであろうが、レナの心情を慮り、本当なら一時間ほどで帰るつもりでいた。

「心霊スポットに、女子高生を置き去りにしてきたからな。そろそろ戻ってやらんと」

「ギャハハハ！　そういやそうだったな！」

聞き分けよく解放してくれたのだ。

昨日の分も含め野口を二人差し出したら、

「こんな面白いネタを持ち込まれたんだ、金なんて取れねぇよ。これからはタダ飲みさせてやるから、報告はちょくちょく来いよ」

ゼロ円飲み放題プランが開始されたのだ。

夜更けと呼ぶほどではないが、よい子の小学生はもう寝る時間。

四時間飲み続けた割にはしっかりとしている足取りで、住処の心霊スポットへと帰ってきた。

リビングが見通しがいいのは、広々としているからではない。憩いの場として機能させる家具がなく、隅っこでありながら、祭壇のみが主張高らかに存在しているからだ。他にリビングに自前で用意したのは、寒色系の市松模様であるカーペットくらいだ。

ただしそれは、部屋が殺風景だからと、中途半端に飾り付けたかったわけではない。目隠しの目的で用意したものなのだ。

なにを隠したかったのか。カルト教団の集団自殺、その置き土産である。このカーペットの下には、生々しい血の跡がこびりついているのだ。

心霊体験を恐れず入居した俺も、毎日その光景を目にするのは流石に避けたのである。

そんなリビングに踏み込むと、入居してから五年もの間、一度も見たこともない光景が待っていた。

それはこの家に住み着く悪霊や化け物でもなければ、招き寄せた狂人や強盗でもない。

「お、お、お……おかえり、なさい」

一閃十界のレナファルトであった。

この家と俺にあまりにも不釣り合いな巨乳JK美少女が、家主の帰宅を察して、部屋から飛び出してきた。

一夜を明かした場所とはいえ、四時間以上も心霊スポットに一人取り残されていたのだ。おどおどとした小動物顔がホッとしていた。

そんな光景に、面食らってしまった。

対人恐怖吃音症のコミュ障が、吃りながらも頑張って声に出したもの。その努力しようとしている証に驚いたからではない。

おかえりなさい。

同じ屋根の下で暮らす住人を、出迎えるためにかける呪文。家族を持つこともなければ、恋人を作る努力もしない。そんな人生を歩み続けた俺には、縁はないだろう言葉。そう思うことすらもない、遥か昔に置いてきた呪文であった。

こうして唱えられたのは、十年以上久しかったものだ。

ボーッとするだけで反応が返ってこないことに、レナは次第に落ち着きを失っていく。なにか間違ったことをしてしまったのか。おどおどの次はヒヤヒヤとし始めたのだ。

レナはなにも間違っていない。正しい行動に移していないのは俺である。

ただ、すっかり錆びついた呪文なだけに、思い出すのに時間を要しただけ。

だから、おまえはなにも間違っていない。

「おう、ただいま」

そう告げるように、十年以上ぶりの呪文を唱えたのだった。

# 第二話　反光合成禁断の果実

わたし、文野《ふみの》楓《かえで》は不登校の引きこもりである。

中学までは通っても、テストを受けるのに保健室まで。そんなわたしに対し、父は姉のように日本一の大学へ進学することを望んでいる。不登校の引きこもりになんという無茶振りをする親か、と端から見れば呆れるだろう。だがわたしはそんな父の望みを、不相応な高望みではないものとして受け止めていた。

それはわたしが楽観的な人間だから、ではない。むしろ悲観的なくらいである。

かといって、現実や身の程を知らない頭ハッピーセットというわけでもない。未来から目を背けることはあっても、自分の力量は自分が一番わかっている。これでも現実主義者なのだ。

なにせわたしは神童である。学校のテストは三桁以外の数字を目にしたことがない。

ネトゲの片手間で出し続けたその成果。父はそれに満足しながら、素晴らしき引きこもりライフを許してくれた。正確にはわたしの問題を放置してくれたのだ。

だから脱義務教育後の三年間も、ちょちょいと引きこもりながらやり過ごしたかった。

だが非義務教育イベントを前にして、ついに人生が躓《つまず》いた。

高卒認定で楽をしたい。却下。

せめて通信高校がいい。却下。

名のある私立以外、全て却下。

「この先大学に受かったところで、まともに通うことなんてできんだろう。満足に口を利けんその仮病を、いい加減治してこい」

非義務教育のスキップを、父はここにきて許しはせず、高校に通うという荒治療でなんとかしろと言いつけてきたのだ。

子供の心に寄り添わず、生み出す成果にしか興味のない親の分際で、見事なまでの正論である。

ロジハラと共に受けろと決められた進学校は、ネトゲの片手間にちょちょいと受かった。

人生いつだって、このくらい余裕ならいいのだが。残念ながら渡る社会は鬼ばかり。コミュ障に風当たりが強い世の中である。

満を持さないまま迎えた、高校生活一日目。その入学式。

実はこんなわたしでも、進学校には期待していた。

他人に興味がないガリ勉ばかりで、陽キャウェイ系パリピは一切なし。アニメのような学園イベントなんて以ての外。部活なんて入っている場合ではない。とにかく勉強しろ。純度百パーセント大学に入ることしか考えられていない、バラ色の高校生活が待っているのでは、と。

そんな期待は、大きく裏切られた。

校則がゆるく、自由漂うその雰囲気。文武両道を求めんと、熱心に部活動を勧めてくる有様。文化祭、体育祭はクラス一丸となって頑張るぞい、というクソみたいな風潮。三年間クラス替えもないから、交友関係はより濃厚接触となる、まさに陽キャ養成校だったのだ。

入学式後、担任に現実を突きつけられたわたしは絶望した。

青春イベント目白押しで、高偏差値の大学を受からせるつもりがあるのかと、小一時間問い詰めたい。わたしは神童なのでちょちょいと余裕だが、こんな頭空っぽそうな陽キャ集団を、本当に高次元ステージへと導けるのか。

残念ながら、進学率は本物である。

陽キャが陽キャたる所以《ゆえん》は、内側から溢れる青春パワーであるとのこと。頭キラキラキャンパスライフのために、人が見ていないところで汗臭い努力をするのを惜しまないのだ。

むしろ息抜きとしての青春イベントであり、濃厚接触な交友関係であり、その果てが部活や文武両道とのこと。

人生楽しそうでなによりである。

わたしは一切楽しくない。

そして思い出したのだ。

ここは陽キャの女神《ねえさん》が楽しい高校生活だったと、心から尊んでいる母校なのだ。クソみたいな高校であることは明白だった。

神童たるわたしが、そんな簡単な見落としをしてしまうとは。

バラ色の高校生活を望む強い心が、どうやらこの目を眩《くら》ませていたようだ。視力が回復したこの目からは、そのまま光が失われた。バラ色の高校生活が陽キャに犯され尽くすことが確定したレイプ目である。

解散後、すぐに逃亡を図ろうとした。

しかし、回り込まれてしまった！

はぐれた金属並に人生経験値が高い、陽キャの素早さたるや。

自分こそがスクールカーストの王なりと、引き立て役三人を引き連れて、立ち上がらんとしたわたしの前に立ちはだかったのだ。

聞いてもない自己紹介を勝手に始められ、さあ、君は？　とわたしの真名を無礼にも暴かんとしてきたのだ。

我こそは一閃十界のレナファルト！　貴様ら陽キャを断罪する刃なり！

と叫べればどれだけよかったか。

対人恐怖吃音症を患っているわたしには、陽キャの王があまりにも恐ろしすぎた。

引き立て役共に『胸をちらちらちらちら見てるんじゃないぶっＫＩＩＬぞ！』と心の中で憤りながら、吃った声一つすら上げられず、台風が通りすぎるのを待つようにして、ただ身を縮こませていた。

そこに『ちょっと男子ー、怖がってるじゃなーい』なんてノリで、我こそはスクールカーストの女王なりと、取り巻き四人を引き連れ第二勢力が現れた。

救いでもなんでもない。台風に襲われているところ、直下地震が起きただけだ。

スクールカーストの王と女王は昔なじみらしく、小気味のいい会話を弾ませている。それにハッハハッハ、キャッキャキャッキャ、と引き立て役と取り巻きたちが場を盛り上げるのだ。

こいつら早くどっか行ってくれないかな、と災害が収まるのをジッと待っていると、女王は牙をわたしに剥いたのだ。

どうでもいい自己紹介を始められ、さあ、あなたは？　なんて我が真名を問う蛮行に及んだのだ。

我こそは一閃十界のレナファルト！　貴様ら陽キャの罪科を処す剣なり！

と叫べる度量があるのなら、今頃わたしの人生は頭ハッピーライフだ。

対人恐怖吃音症の発作を起こしたわたしには、陽キャの女王が魑魅魍魎《ちみもうりょう》の類にしか見えないのだ。取り巻きを引き連れたその姿は、まさに百鬼夜行である。

取り巻き共に『人の胸を見ながらなにがヤバ、だ。ヤバイのはその空っぽな脳みそだろぶっＫＩＬＬぞ！』と立腹しながらも、吃った声一つすら上げられず、地震が収まるのを待つように、この身を縮こませていた。

そこに『や、また一緒のクラスだな』なんてノリで、我こそはスクールカーストの宰相なりと、メガネを光らせクイッとしながら、部下を五人ほど引き連れ、第三勢力が現れたのだ。

救いでもなんでもない。台風の中襲ってきた地震が、津波を呼んだだけだ。

スクールカーストの王と女王は、『お、委員長』なんてはしゃぎながら、宰相の登場に場は大いに沸いたのだ。それにハッハッハ、キャッキャッキャ、ガッハッハと引き立て役と取り巻きと部下たちが、場を更に温め盛り上げるのだ。

皆がそれに気を取られている内に、これが今生最後のチャンスだと知り、そっとその場から逃げ出したのだった。

◆

以上が高校一日目、入学式の日にわたしを襲った恐怖体験である。

心霊スポットに悪霊がそのまま湧いているようなものだ。あんな恐ろしい場所、二度と足を踏み入れるものか。

かくして高校生活二日目には不登校となり、引きこもりライフが再開したのだ。

受験のときの面接では、わたしは吃るだけで一切受け答えはできなかった。それなのにこうして受かってしまったのは、ペーパーテストの自己採点が満点だったので、対人スキルはゴミでも、進学率の貢献になる神童ぶりを買われたのだろう。

担任には面接で発揮したコミュ障っぷりが伝わっているはず。不登校の理由はすぐに察したはずだ。

父は基本、家を空けていることがデフォルトなので、対応に追われたのはお手伝いさんだ。けれど業務内容にわたしの監督は含まれていないので、右から左へと情報を流すだけ。わたしの身の回りの世話をするだけで、不登校についてはノータッチ。我が引きこもりライフを支え続けてくれた、素晴らしい御方なのだ。

不登校に返り咲いた一週間後、スクールカーストの王と女王と宰相が訪ねてきた。なんでもあの日、取り囲んでしまったことでわたしを怖がらせてしまい、それが原因で不登校になったのでは、と罪悪感に駆られているようだ。大人しい娘であることは見てわかっていたのに、本当に申し訳ないことをした。

謝罪をするために、担任から住所を聞き出し訪ねてきたようだ。

概ねその大罪は間違っていないが、その前からわたしの心は折れていた。わたしに働いた悪逆非道な真似は絶対に許さないが、彼らがいなくても不登校は確定していた。

お手伝いさん経由でそのままお帰り願うと、高等学校評価サイトのレビューに、個人情報を平然と漏出させる、時代錯誤な杜撰《ずさん》さをボロクソに書いたのだ。

不登校となったわたしは、週に一度のペースで帰ってくる父に怒鳴られなじられながらも、顔を俯けその場その場をやり過ごしてきた。

ゴールデンウィークに入り、四月ももう終わりの末日。

父の我慢がついに臨界点に達したのだ。

「学校へ行きたくないならそれでいい。だがな、タダ飯食らいを育ててきたつもりはない。社会に適応できないならできないなりに、ちゃんと役には立ってもらうぞ」

回りくどくネチネチと説教を重ねた末に、不登校の引きこもりに判決は下された。

上級国民ジジイ慰みものの刑である。

縁を繋ぎたい家があるらしく、時代錯誤な縁繋ぎの道具としての役割を与えられたのだ。

フェミさんたち大激怒案件である。

父の顔には脅しでもなんでもなく、もう決定事項だと書かれていた。

判決を下したことに満足して、父は家を出ていった。

なにも手につかぬまま、しばらく放心した。

わたしは感情の起伏が薄弱なわけではない。むしろ激しいくらいだ。それを現実で発揮できる能力が欠如しているゆえ、わたしは弱々しく大人しい子供だと勘違いされている。

それこそ父だけではなく、わたしを世界一想ってくれている姉さんにもだ。

いつだってわたしは、対処不能な状況に追い込まれると、顔を俯かせて乗り越えてきた。

こいつにはなにを言っても無駄だと、向こうが諦め折れるまで耐え抜くのだ。対人恐怖吃音症を逆手に取った、誤用としての確信犯である。

これが人生の処世術。決してなにも言えないまま終えているのではない。端から受け答えや自らの主張を放棄した、対処療法として切り抜ける術だ。

差し出された問題を解決するつもりはゼロ。いつだってわたしは、未来の自分へと問題を投げてきた。

そうやって未来で積み重なったこのツケ。踏み倒しは許さんぞと、清算する日が来てしまったようだ。

上級国民ジジイの慰みものなんて、死んでもごめんである。けれど父の判決を覆す術はわたしにはない。

こうなれば進学によって上京した姉さんに頼るしかない。

……と、考えたのだがこれも悪手である。

姉さんの思考をトレースした結果、最後にはコミュ障は必ず治る。だから頑張って学校に行くよう優しく諭されるだけだ。姉さんのとりなしで上級国民ジジイ慰みものエンドは避けられたとしても、陽キャバラ色青春レイプエンドの末路をたどるだけである。

人生詰んだ。

どうしようもないほどに、わたしの未来はどん詰まりであった。

残された道は無敵の人となり、多くの命《スコア》を奪い《かせぎ》ながら、家族親戚田中道連れエンドをたどるだけ。黙って一人で逝く気なんてさらさらない。わたしはどれだけ自分が悪かろうと、その全てを棚に上げられる生き物なのだ。

大人しい人間ほど、いざ爆発したときは恐ろしい。

よく言われることであるが、皆は知らないのだ。わたしたちは好きで大人しくしているわけではない。感情豊かで円滑に、コミュニケーションを取れる能力を持ち合わせていないだけ。結果として大人しく生きているだけなのだ。

わたしたちの感情はいつだって抑圧されている。負のエネルギーを発散させる方法なく、日々胸の中で積み重なっているのだ。

それが解放されたとき、ここまで追い込んだ社会が悪いんだとなるのが、無敵の人が生まれる真相だろう。少なくともわたしはそう信じているし、今こうして無敵の人が誕生しようとしている。

神童たるこのわたしが無敵の人となれば、その偉業は過去百年語り継がれることとなろう。それこそ津山《つやま》三十人殺しなんて目ではない。クワトロスコアを叩きつけて、我が真名を歴史とＷｉｋｉに刻むつもりだ。

姉さんのことは嫌いではない。むしろ尊敬しているくらいなのだが、心に寄り添ってくれない堅物でもあった。その姉妹愛では我が人間性を繋ぎ留めるにはいたらない。結果論として、加害者家族として一緒に地獄へ堕ちてもらう。

タイムリミットを次の誕生日に定め、一時間ほど無敵の人となる思索に耽っていた。十五歳の子供が、どうやればより多くのスコアを稼げるか。

まずは圧力鍋爆弾の作り方を調べてみよう。

そうやってスマホに手を伸ばしたとき、ふと、思い出したのだ。

わたしの真の理解者であり、心を開ける相手のことを。

小五のときネトゲで知り合って以来、沢山のことを教えてくれた人生のセンパイ。

楽しいだけを与えてくれるセンパイは心の拠り所である。

抑圧された心の解放先、一閃十界のレナファルトは、センパイが中身を与え育て上げてくれたと言っても過言ではない。

現実から目を背けられるレナファルトであるときだけが楽しい時間。母を亡くして以来、センパイと過ごした日々は人生唯一の彩りであった。

人生を終える前に、センパイに会ってみたい。

顔も声も年齢もわからない。男であり社会人であること以外、個人情報は知らない大人の人。

人生を終える前に、センパイに会ってみたい。

対人恐怖吃音症を患っているコミュ障が、そんな相手と会ってみたいと、願望としてこの胸に抱いたのだ。

どうせもう、人生詰んでいる。

自暴自棄なまでの衝動が、わたしの背中を押したのだ。

そうと決まれば早かった。

不登校の引きこもりであれ、人と接しなければ外出は厭わない。ATMで一日の限度額まで引き下ろす。次の日もまた、限度額まで下ろすつもりだ。

中学校まで父は、結果さえ出せば与えるものは与えてくれた。ペーパーテストでは常に三桁の数字を見せ続けた結果、十五歳の娘に不相応な額が、銀行口座には貯まっていたのだ。まさに成果を引き出すための餌だとばかりに。この口座に刻まれた数字こそが、父の人間性を示していた。

今回はそれが幸いした。

わたしはその日のうちに、必要な全てをキャリーバックに詰め込んだ。『東京の姉さんのところに行きます』という書き置きを作り、飛行機のチケットを予約し、対姉さん用のトラップを用意して、後はセンパイに相談するだけ……のところでこの手は止まった。

ネトゲを始めた右も左もわからぬ時代。ネットリテラシーをセンパイに教え込まれ、忠実に今日まで守ってきた。

だからセンパイは、わたしの性別も年齢も知らないでいる。おそらく男子大学生くらいに考えており、まさか女子高生だなんて想定はしていないだろう。

成人男性のもとを訪ね、宿を求める。その意味くらいはわかっていた。

下卑たる男の欲望のことではない。表沙汰になれば、社会的制裁がセンパイに降り注ぐのだ。

センパイにだけは迷惑をかけたくない。それでも会ってみたい。詰んだこの人生に、その手を差し伸べてほしいとすら、いつしか願っていた。

だからわたしは、賭けることにしたのだ。

センパイは金曜日、必ず最寄り駅の友人のお店で過ごしているらしい。そこへいきなりオフ会を持ちかけ、ダメだったなら大人しく諦めよう。そのまま姉さんのもとを訪ね、我が人生を家族親戚田中道連れエンドで締めくくる。理不尽ではあるが、隣家辺りに地獄のお供をしてもらう。

ただもしセンパイが会ってくれて、この手を取ってくれることがあれば、そんなバッドエンドは延期しよう。

現実から逃げ出したい。

辛い未来から目を背けたい。

醒めた先にはなにも残っていなくていいから、一時の夢に耽りたい。

ここで自らが本当に欲しているものに気づいたのだ。

わたしはセンパイに救いを求めているのだと。

◆

不登校の引きこもりの朝は早い。わけではない。むしろいつもは遅いくらいだ。

今日は日の出前に、特別早起きしただけ。キャリーバッグを片手に家出をするのだから、お手伝いさんに見られるわけにはいかないのだ。

始発の三十分前には最寄り駅へとたどり着き、昼前には上京を果たしていた。

ストリートビューは本当に凄い。まさか空港内まで網羅しているとは。

おかげでわたしの足に一切の迷いはない。人と会話など絶対にしたくないという鋼の意思が、入念な下調べのもとわたしを軽々と東京まで導いたのだ。

次はセンパイの最寄り駅までどう向かうか。

最速はモノレール発の、乗り換え一回の一時間。だがこれは却下である。

ルートと立体地図は頭に入っているとはいえ、慣れない地での長距離移動。下調べでは足りなかった事態に遭遇し、人に尋ねるようなアクシデントは絶対に避けたい。だから選んだのは、乗り換えなしの一本で済むバスであった。

次の便まで何時間も待たされ、到着する頃には帰宅ラッシュの時間帯。常人なら忌避するかもしれないが、むしろそれでよかった。端からついでとばかりに、東京観光なんてするつもりはないのだから。

なにせ平日の日中にも関わらず、空港内は人がゴミのように溢れていた。観光地のどこもかしこもこんな感じなのだろう。秋葉原に興味を惹かれはするが、こんなゴミのような雑踏に紛れるなど死んでもごめんである。

下調べの中で、空港のラウンジというものを知ったわたしは、時間をそこで潰すことに決めていた。電源完備でソフトドリンクが飲み放題。しかもＷｉＦｉまで飛んでいて、たったの千百円。そんな神環境があるのかと目を疑ったくらいだ。

折角東京に訪れたのだ。美食に走ることこそが王道であろう。しかし店員と会話するなんて苦行、自分には耐えられない。セルフレジという神システムが導入された空港内のコンビニで、昼食を調達すると空港ラウンジへと引きこもったのだ。

受付は受付で苦行であったが、そこは失声症を装った。スマホに打ち込んだ文章を見せるだけであっさりと入れたのだ。

ラウンジ内の人はまばら。まさに理想的な環境だ。

さあ、時間までネトゲをやるぞ！　なんてことはない。空港内の人混みに圧倒されたわたしは、何度やってもやりたりないほどに、下調べを重ね続けた。

センパイとの合流ポイントを吟味し、周辺の地形を頭に叩き込み、Ｗｉ－Ｆｉが飛んでいる店を調べ上げた。

この先はもう、ネット回線は自由に使えないからだ。

わたしはここでスマホを捨てていくつもりだ。

近年のスマホの進化は目覚ましすぎる。親名義のこのスマホから、なにかの拍子で潜伏先や移動ルートを探られる可能性を恐れたのだ。

バスまでの空いた時間は、そうやっている内にすぐに潰れた。

トイレに置き忘れたふりをしてスマホを捨てたわたしは、そうやってバスへと乗り込んで、目的地へとたどり着いた。

センパイが住んでいる家の最寄り駅。

帰宅ラッシュの時間帯ということもあり、想像を上回る雑多な人混み。観光地でもないというのに、東京はこんなにもゴミで溢れているのかと圧倒された。

周辺の地形は頭に入っている。迷うことなく世界一有名なハンバーガー店に潜り込み、メモ帳による筆談でコーヒーを手に入れた。

二時間ぶりにネット環境を手に入れたわたしは、後はもう待つだけだった。センパイが仕事を終え、友人のお店にたどり着くだろうその時間まで。

そこまで来てようやく、そわそわとし、落ち着きが失われたのだ。

あと少しでわたしの運命が決まる。

家族親戚田中道連れエンドか。はたまた延期か。

それだけではない。延期にいたったということは、センパイと対面を果たせたということ。

どんな人なのだろうか。幾重にも想像を重ね、そのご尊顔に思いを馳せた。

わたしが幼き無垢であった頃。テレビで見るようなカッコイイ人を、常に頭に思い浮かべていた。

ただしネット社会にどっぷり浸り、酸いも甘いも噛み分けてきた今のわたしに、頭ハッピーセットの楽観さはなかった。

元はネトゲで知り合った人。ネットと二次元を生きがいにしているような人が、イケメンなんてことはありえない。期待するだけ無駄である。

ステレオタイプなデュフフオタク。はたまた不健康に青白い肌をした、頭ボサボサのニートか。

しかしセンパイは、オタクなところはあってもニートではない。一人暮らしで生計を立ている社会人。なら、どんな人かは決まったようなもの。

牛丼屋でチーズ牛丼を食べてそうな人だ。

わたしはセンパイに救いを求め、飛行機の距離からここまでやってきた。

叶うのであればセンパイの家へと転がり込んで、現実逃避の日々を送りたい。

わたしのような家出少女が、成人男性の家に転がり込む。

その意味はしっかりとわかっている。どれだけ迷惑をかける行為であるかを。

だから代償として、その対価を差し出す覚悟を決めてきている。上級国民ジジイ慰みものバッドエンドと比べれば、センパイと戦場を駆け抜けるのは頭ハッピーエンドである。

俺たちの戦いはこれからだ！

心が開ける相手として、センパイのことは尊敬している。それこそわたしの人生唯一の彩りと言えるほどに。

わたしはだから、こう願った。

お願いします神様！　どうかわたしに、チー牛社会人をお与えください！

いくらセンパイを尊敬しているとはいえ、生理的嫌悪感を抑えるにも限度がある。

イケメンだなんて高望みはしない。チー牛でいい。だからステレオタイプなオタクやニートは勘弁してください。そんなのが来ようものなら、大人しく無敵となる道を選ぶだろう。

センパイと会えるのは凄い楽しみである。だが開けてみるまで、どんな姿が眠っているのかわからない。まさにシュレディンガーの箱だ。

そしてよくてチー牛なので、どちらにせよわたしのセンパイ観に大きな傷が入ってしまう。……そう思うと会いたくないような気もしてきた。

シュレディンガーの箱と二律背反の煩悶を背負いながら、時は流れ、わたしの見込んだ時間となっていた。

ノートパソコンのメッセンジャーアプリを立ち上げると、

『センパイ、オフ会しましょう』

までタイプして、エンターキーを押せずにいた。

なぜか。

オフ会ゼロ人を恐れたからか。イエス。

センパイ観を壊したくなかったからか。イエス。

シュレディンガーの箱を開くのに物怖じしたのか。イエス。

ようは直前になって、ビビったのだ。

飛行機の距離まで救いを求め飛んで来ておいて、センパイと会うのが怖くなった。それ以上に、今更センパイを巻き込むのを躊躇《ためら》ったのだ。

そうやって十分、二十分と覚悟が決まらずうだうだとやっていると、

「ひゃっ」

「あ、すいやせーん」

突如としてこの背中が打たれたのだ。

よそ見をしながら歩いていた、陽キャ集団の一人の肘がぶつかったらしい。ヘラヘラしながら軽薄な謝罪だけが残されていった。

「……あっ！」

小さな悲鳴を漏らしてしまった。

置いていた指がエンターキーを押し込んでいた。

覚悟が決まらぬままメッセージが送られてしまったのだ。

頭を抱えたくなるほどの焦燥感。

お願いしますどうかこのメッセージに気づかないでください、とまで強く願ったのだが、

『いきなりどうした？』

一分もかからないレスポンスを持って返信がきてしまったのだ。

センパイにとってのわたしは、一閃十界のレナファルト。

ネガティブなことだって陽気に明るくネタにする、ボケなければ死んでしまう病を負っている重病者。

ここで間を空けるのは、レナファルトの沽券に関わる。

『親と将来の話でちょっと。現在敵前逃亡中』

十秒とかからず、わたしはそう返したのだ。

一切の嘘を交えず、かつ陽気に。なにやってんだこいつ、と呆れられるくらいが丁度いい。

『おまえ札幌に住んでるとか、前に言ってなかったか？』

ネットリテラシーを遵守しているとはいえ、ざっくりとした住所くらいは伝えていた。だから飛行機の距離をどうするのかと疑問符を投げてくるのは当然だ。

『ダイナミック家出っすよ』

『ダイナミックすぎだろ』

予想通りの反応に、「ふふっ」と笑いが漏れてしまった。

さっきまであれだけ悲観し、躊躇していたのに、もうレナファルトがいつもの会話を繰り広げていた。

『いつからそんな計画を立ててたんだ？』

『昨日。初めて飛行機乗ったわ』

一分ほど返事が途切れた。

画面の向こうで声を上げるほど驚いているに違いない。

『行動力すごすぎだろ』

『せやろ?』

『こっちに頼れる友達でもいるのか?』

『パラヒキニートに友達なんているわけないだろいい加減にしろ!』

すっかりこの手には、レナファルトがログインしていた。

センパイは今頃、こんなレナファルトに呆れているだろう。心配もさせてしまったかもしれない。

どれだけ行動や言動がハチャメチャでも、いつだってそれはネットの世界だけで完結してきた。それが実体を持ち、現実でレナファルトが動き出したのだ。

文野楓では決してありえない。

レナファルトだからこそ、ここまでたどり着いたのだ。

『そんなわけで』

だから次に差し出すメッセージは、レナファルトだからこそできる願い事であった。

『センパイ、自宅警備員の雇用はいかがですか?』

名前も顔も歳もわからぬ、現実では他人にすぎない相手に、雇ってくれだなんて頼んだのだ。

『まさか俺をアテにして家出してきたのか?』

『イエス!　毎晩の宿をヘルプミー!』

センパイの返信が止まった。

流石のわたしも『ほんとファンキーな奴だ、いいぜ雇ってやるよ』なんて甘い返事がすぐにもたらされるとは考えていない。

いきなり家出を助けてくれと求められ、センパイは戸惑っているだろう。

今頃ため息でもついている、よくてチー牛面が頭に浮かぶ。

それでもセンパイは、そんなレナファァルトを無下にはしない。卑怯なわたしはそれがわかっているのだ。

わたしは神童だ。センパイの思考をトレースし、次の行動くらい予想はついていた。

会話の引き延ばしだ。

ならやるべきことは決まっていた。

会話に乗せ、一発で釣り上げることだ。

『図々しすぎて笑う。これはオフ会ゼロ人ですわ』

『ええんか？　実はワイ、巨乳ＪＫ美少女なんやで。しかも未開封や』

『秒で迎えに行くわ』

『センパイチョロすぎマジ笑う』

思い通りになりすぎて、口元を両手で押さえるほどに笑ってしまった。

姉さんや父が見たら、わたしにこんな機能が未だに備わったままなのかと驚愕するだろう。

改めて実感した。やっぱりセンパイと、こんなバカみたいな会話を重ねているときが一番楽しい。

『今夜は攻城戦だ。我がグングニルが火を噴くぜ！』

『ヤベーよヤベーよ。長年守り通した城門がついに破られる！』

それこそ涙が出そうになるほどに。

センパイとの時間があまりにも眩しかったのだ。

◆

かくしてわたしは、待ち合わせ場所に佇んでいた。

お店から撤退した今、この手にはネット環境が残されていない。

土地勘もスマホもなしでの合流。駅前はまだまだ混雑しており、そこでの合流はまず無謀であろう。

だから空港内で、すれ違うことのない待ち合わせ場所を決めていた。現地の写真と地図のURLを送り、合流場所を指定させてもらったのだ。

どうやら十分ほどで来られる距離とのこと。

五分もかからず到着すると、そわそわとして一切の落ち着きを失くしていた。

ついにシュレディンガーの箱が開かれる。

センパイの服装はスーツとのこと。それを伝えるだけでは行き違いがあるかもしれないからと、自撮りの写真を送ってくれた。

テレビをつけていれば、よく目にするスーツ姿。顔こそ写っていないが、わたしはそれにほっとした。

仕事終わりも相まって、首元こそ緩めているが、だらしなさは感じなかった。少なくともピザでもガリでもない。きっちりと身なりを整えている、清潔感を保つような人柄が伝わってきた。

ワンチャンあるか。

ステレオタイプのオタクでも不健康そうなヒッキーでもない。

これはチーズ牛丼を食べていそうな社会人がくるぞ。センパイ観につく瑕疵《かし》は最低限になると、喜びと希望を抱いたのだ。

一方わたしは、

『赤いキャリーバッグを手にした巨乳JK美少女です』

とだけ伝えていた。

美少女だなんて驕りはないが、巨乳JKとしての誇りはある。一番大切な部分こそ釣りではあるが、七割は本当なのだからそこは許してもらおう。

空港ラウンジではあっという間に流れた時間。

ハンバーガー店ではエンターを押すキで、湯水のように流れた時。

それが今や、一分一秒が止まったように緩やかなものとなっていた。

心臓の鼓動が鳴り響き、今にも爆発しそう。ここまで来たのだから逃げるわけにもいかず、その時がくるのをただじっと待ちわびる。

いつまでも落ち着きなく、おどおどとしていると、ふと、視界の端に映ったものがあった。

食い入るようにわたしを捉える、その目とあってしまったのだ。

ボサボサでもギトギトでもペタンコでもない、ひと手間を加えた立体感あるショートヘア。眉は不精ではなく整えられ、顔面クレーターどころかメガネすら着陸していない。すらっとしたその体躯は、わたしより頭一つ分は高いかもしれない。

テレビで活躍する俳優顔でもなければ、陽キャ王のようなイケメンでもない。

ザ・社会人。

それが成人男性に抱いた感想だった。

社会人とパッと浮かんだのは、その装備がスーツであったから。そしてそれは、十分ほど前に目を通したばかりのものであった。

愕然とした。

送られてきた写真。それと同じ格好をした、ザ・社会人が待ち合わせ場所に現れたのだ。

数秒ほど見つめ合うと、ザ・社会人は不味いという表情を浮かべながら目を逸らした。

女子高生をガン見する二十代男性事案を恐れたのだろう。

なのにザ・社会人は一向にその場から立ち去ろうとしない。事案を恐れておいて、なおもこの場に留まり続けている。

目的がこの場所にあるからこそ、どうしようかと逡巡《しゅんじゅん》しているのかもしれない。

こんなこと、ありうるのだろうか……。

贅沢を望んだつもりはないのに、本当にいいのかと神に問いかけた。

神託は降りてこない。後はおまえ次第だと言っているようにも感じた。

ザ・社会人は事案を恐れている。向こうからの接触を期待するのは難しいほどに。

だからこの足が自然と動いていたのは、わたしにとって意外なことであった。

「あ、あ……あの……」

世界で一番気持ち悪い、蚊の鳴くような吃った音。

劣等感すら抱いているものを、臆しながらも出さずにいられなかったのは、覚悟が決まったからではない。

落ちていた希望に手を伸ばし、救いを求めんとする心から出たもの。

「せ、セン、パイ……ですか？」

そうであってほしいと縋る、願いであったのだ。

見開かれたその人の目に、一体この身はどのように映ったのか。

想像していた待ち人とはなにもかもが違っていただろう。

年齢なんてまだ可愛いもの。性別なんて物理的に真反対。わたしの問いかけの意味がわからなくても、仕方ないのかもしれない。

だから対人恐怖吃音症の発作を必死に抑え込み、

「わ、わ、わたし……」

コミュ障なりの勇気を振り絞り、

「レ、レナ……ファル、ト……です」

わたしが貴方のコーハイであることを告げたのだ。

◆

成果を生み出すことはできても、父にとってわたしは人前に出して、紹介できる自慢の娘ではない。泊りがけの外出なんて、遠い遠い過去の出来事。最後の宿泊ははて、いつ頃だっただろうか。少なくとも母が亡くなって以来、出先で一夜を明かしたことはなかった。

だから目覚めたときに初めて抱いたのは、

『知らない天井だ』

古典芸能名言辞典に載っていそうな、ベタな感想であった。

知らない部屋の匂い。同時に鼻孔をくすぐるのは、開封して間もない寝具の匂いであった。

ぼんやりとした頭でも、順に記憶を遡る必要はない。置かれた状況は正しく把握していた。

自宅警備員として、センパイに雇用してもらったのだ。

一軒家に住んでこそいるが、センパイは一人暮らし。人を招いて宿泊させるなんてイベントは、一度もなかったそうだ。

この家にある寝具はベッド一つのみ。そこで天井のシミを数える覚悟で、センパイのもとへと訪れたのだが、そうなることはなかった。

わたしはセンパイを慕っているし尊敬もしている。けれどセンパイを聖人なんて枠に収めたことは一度もない。むしろ縁遠いくらいだ。

昨日までセンパイは、わたしのことを男だと信じてきた。それゆえに男同士だからこそ吐き出せる、男の欲望丸出しの下ネタ話に発展することはままあることだ。

流れでセンパイの戦歴の教えを乞うたとき、

『グングニルを振るう初戦場は、清らかな戦乙女と肩を並べるときと誓っている』

無駄な文学性を持って、その誓いを詠いてくれたのだ。

おそらくセンパイはそのとき、お酒で酔っていたのだろう。さらっと戦場は未経験と漏らしたのだ。面目丸潰れの様に、このお腹は大ダメージを被った。

戦場訓練の場に赴いたことがないのかと投げると、

『ベテラン相手の模擬戦は絶対に嫌だ！！！！！！！！」

大量の感嘆符を付けて打ち返された。

果てにはコンビニ前や駅前で、行き場を失った美しき戦乙女がいれば手を差し伸べたい。優しくその心を癒やし、戦場を共に駆け抜けたい。グングニルを振るいたい。

『それが叶わない現実は、やっぱりクソだな！！！！！』

と大量の感嘆符を生やしていた。

女としてわたしは、そんなセンパイを見損なうことはなかった。男の下卑たる欲望に、不快感を持つこともなかった。

『センパイこじらせすぎてマジ笑うｗｗｗｗｗｗｗｗｗ』

大草原を生やしながらキーボードを叩いていた。翌日このお腹は、筋肉痛で苦しむハメになったのだ。

『夢は諦めなければ叶う！！！！！』

『そんな欲望丸出しの夢、転がってるわけないだろいい加減にしろ！』

その後も、散々煽ったものである。

これが二年前。レナファルトに『一閃十界』の二つ名を冠したばかりの頃の話だ。

素晴らしき笑い話が、わたしの背を押す一つの要因であった。

美しき戦乙女のつもりはなかったが、ユニコーン垂涎の戦乙女ではあるのだ。センパイを白昼夢にして監獄から、目を覚まさせ解き放つ役割くらいは果たせる。そんな自己評価をしているわたしを、お世辞ではなく、自信を持って巨乳ＪＫ美少女と名乗ってもいいと、太鼓判を押してくれた。

それなのに攻城戦は無期延期。センパイはわたしを戦場へ連れ出すことをせず、整備員にもしてくれない。

なぜ？

最初は童貞でもこじらせて、いざ戦場を前にしてビビったのかと考えたが、それだけでもなさそうであった。

答えが出ない不明瞭さに、

『迷惑をかけるのに、なにもしないわけにはいきません』

父の次に嫌いな人間が、ついその手を動かしてしまった。

レナファルトはわたしの分身にして、人格であり、理想である。

画面越しにいるときだけはせめて、人間力が低い女の影を、レナファルトに重ねてほしくなかった。

センパイの前ではせめて、ちゃんとレナファルトであり続けたかったのだ。

「いいか、俺にとっておまえはなんだ？」

『ただの巨乳ＪＫ美少女です』

「おまえその看板ちょっと気に入っただろ」

『てへ』

失敗を取り繕い、払拭するように、強引にレナファルトを演じた。

「じゃあ逆だ。おまえにとって俺はなんだ？」

『センパイです。それも人生の』

「おまえのセンパイは、支援要請を求めるコーハイの弱みにつけ込み、攻城戦を仕掛ける奴なのか？」

必死なレナファルトの手は再び止まった。

『少なくともセンパイは、仕掛けたい系じゃないっすかｗｗｗｗｗ』と草を生やしながら応答するところなのに、レナファルトの手が動いてくれない。

センパイの思考を何度だってトレースをして、エラーを何度も吐き出した先で、一件だけヒットした。

自惚れてしまっていいのだろうか？

戦場を駆け抜けた先で、センパイはレナファルトの関係が、変に拗《こじ》れるのを厭うたのかもしれない。二人で積み上げてきたものが崩れる、その真似を避けたかったのでは？

『迷惑をかけるのに、なにもしないわりにはいきません』

文野楓が本心を漏らしてしまったから。

だから、きっと、それは……

センパイもまた、レナファルトとの関係を大事にしてくれているのだ。

願望欲望を抑え込んでまで、変わらない関係を望んでくれた。

それに思いいたってしまい、胸の底から湧き上がる感情が押し殺そうとも抑えきれず、嗚咽という形となって流れ出したのだ。

自宅警備員として雇用が決まっても、シングルベッドを共にすることはなかった。住み込みの福利厚生として、センパイが近くの複合スーパーで、敷布団を買い足してくれたのだ。

ここはセンパイの隣部屋。入り口こそ個別にあるが、二つの部屋を区切るのは壁ではない。ふすまである。生活音どころか寝息すら聞こえてきたほどだ。

レナファルトである以前に、わたしは女子高生である。家族でもない成人男性と同じ屋根の下、二人きりで一夜を明かす。ただでさえ大問題だというのに、そんな二人を遮るのは薄いふすま一枚だけ。

色々と思うことはあったたし、センパイもそれは承知済み。

気を使って、

「二階を好きに使ってくれていいぞ」

そう提案してくれたのだ。だがこの首が振ったのは上下ではなく左右である。

なにせここはホラーハウス。本物の心霊スポットである。

華々しい経歴と輝かしい戦歴など面白おかしく語られてきた。そんな家に平然と住んでいるセンパイマジヤバイ、と草を何度も生やしてきた。

まさかそんなガチの心霊スポットに、足を踏み入れるどころか住む日を迎えようとは。

二階で起きた過去の惨劇も知っているので、一人そんな場所で眠るのは怖すぎる。だからといってセンパイと同じ空間を共にするのも、それはそれで眠れる気がしない。

迷ったあげく、センパイの隣の部屋を所望したのである。

慄きにより心と身体は震え、意識を落とすのに時間がかかった。

気持ちが落ち着いたのは、寝息が静寂を打ち破ってからだ。

センパイがすぐ隣にいる。それを心の拠り所としながら、長い長い夜を過ごし、いつしか眠りについていたのだ。

一世一代の人生を賭けたダイナミック家出。心と身体は疲弊しきっていたので、途中覚醒どころか夢すら見ないほどにぐっすりだったようだ。

日当たりが悪いこの部屋。カーテンがないにも関わらず鬱蒼とした森のようで、朝日がこの身を覚ますことがない原因であった。

隣部屋から気配がない。

心霊スポットに一人取り残されたかのような心許なさ。

今日は土曜日。センパイの連休の始まりだ。

庇護者の面影を求めるように部屋を出る。

見通しのいいリビングは家具が一つも置かれておらず、憩いの場としての生活感がない。それでもこのリビングを、殺風景だと呼ぶ者はいないだろう。

祭壇があるのだ。

リビングに唯一置かれたその異質。そこだけを切り取ると、まるでセンパイがカルト宗教に毒されていると勘違いするかもしれない。けれどそんなことはまるでない。なにせここに広がる光景は、宗教色とは無縁なのだから。

祭壇に捧げられているのは、大きいペットボトルに入った琥珀色のお酒。いかにもなお中元のハムセット。最上段には元はエロゲでもあるらしい、設定がガバガバだった前期のアニメのフィギュアが祀られている。

中指を立てたガンジーが、助走をつけて君死に給えというほどの冒瀆的な光景だった。

レナファルトの奇抜な発言や思想は、全てセンパイに中身を与えられたものだ。その背中から学んできたものは、あまりにも多すぎる。

だからといって、それが現実を侵食するものではない。ネット上で奇抜な発言や奇行に走るのは、なにもわたしに限った話ではない。匿名の仮面を被った多くの者たちが行う、最早文化とも呼ぶべきあり方だ。だからこそその文化を、現実に持ち込むなどありえない。

そのはずだったのだ。

センパイがまさか、リアルでも狂人プレイに興じていたとは。

祭壇に向かって両手を合わせながら、一生あの背中に付いていこうと改めて誓いを立てる。

ふいに、リビングに響き渡った音にビクリとした。

ホラーハウスの悪霊の金切り音でなければ、狂人の叫び声でもない。

モーター音である。

音の発生源は狂人リビングではない。開放されている扉の向こう側、ダイニング・キッチンから漏れ出したものだ。

覗き込んでほっとした。

ザ・社会人がそこにはいたのだ。

父ガチャ失敗からの姉ガチャ星5。しかし使い勝手は最悪だ。

渡る社会は鬼ばかり。神童たるわたしが、なぜこんなにも追い詰められねばならないのか。父と社会と陽キャを呪った。

そんなわたしの不幸のバランスを取るように、世界は心の支えを配布してくれた。それがなければもっと早い段階で、人生のリセマラに走っていただろう。

センパイは配布キャラでこそあったが、性能はまさに星5相当。その代わりにキャラデザが長らく謎であった。

きっとクソ絵師が担当しているに違いない。

そう割り切っていたが、蓋を開ければとんでもない。

SNSでフォロワーが二十万超えのイラストレーターが担当していたのだ。

神はいた。

一切センパイ観を損なうことのないキャラデザ性能。下手にイケメンじゃないところにこだわりを感じ、よくわかっているじゃないかと我が心ではスタンディングオベーションが巻き起こる。

まさに理想通りのセンパイだ。

今は髪がセットされていないが、それでもセンパイはセンパイのままでいてくれている。

昨日の感動は泡沫の夢ではなかったのだ。

コーヒーの香りが鼻孔をくすぐった。

どうやら音の正体は電動ミル。コーヒー豆を挽いていたところだろう。

「ん、おう。おはよう、レナ」

わたしに気づいたセンパイは、規範的な社会の挨拶を唱えてきた。

おはよう。

長らく耳にしてこなかったその呪文。最早口馴染みなどなく、詠唱するのはすっかりご無沙汰となっている。

レナファルトなら『おっすおっす』と指を動かすところだが、文野楓の口には実装されていない機能である。

おはようございます、と唱えることが正しいのはわかっていた。

目の前にいるのは姉さんでもなければ父でもない。

臆する相手ではないとわかっているのに、どうしてもこの喉はその呪文を唱えられない。

そうやって挨拶一つ返せずうだうだとやっていると、

「あ……」

目をパチパチとしたセンパイは喉を鳴らした。

挨拶が返ってこないことに気を悪くしたわけでも、沈黙に気まずくなったわけでもない。

「まあ、なんだ……」

むしろその顔は真面目なものだ。

「センキュー」

礼を失しているにも関わらず、なぜかお礼を言われた。

首を傾げそうになったところで、その目がわたしの顔を捉えていないことに気づいた。

そっぽを向かれているわけではない。わたしの目線のやや下、気持ち顎を下げている程度だ。

釣られるようにして視線の先を追った。

我が誇りが邪魔で足元が見えない。それでもおかしい格好ではないはずだ。

屋内装備は快適さと機能性を重視している。パーティーが開けそうな可愛さなんて必要はない。ゆったりとしたジップパーカーとショートパンツが、わたしの屋内装備。就寝時は上を脱ぐだけでいい、まさに効率厨に相応しい装備である。

そんないつもと変わらぬ起き抜けの姿。

薄手の白いシャツ越しに、誇りを支える下着がうっすらと透けていた。

内から込み上がる感情は、レナファルトの発言に変換させるとこうなる。

『くぁwせdrftgyふじこlp』

◆

雇用一日目。

すぐさま部屋へと引きこもった。早速職務に従事する姿は、まさしく自宅警備員の鑑と言えようか。

まさかラッキースケベの加害者になる日がくるとは。ラブコメのヒロインならば『最低！』とか『なに見てるのよ！』と、罵ったり暴力に走ったりする場面だろう。

そう考えると自分に非があるのに理不尽な行動に走るとか、ラブコメのヒロインはろくでもない奴らである。そんなみっともない行動に走れないわたしは、常々そういうのに向いていない。

そしてセンパイもまた、その手の主人公には向いていない。なにせ顔を背けるどころか、堂々と観察した上で、お礼を言ってくるのだから。

五分ほどしてから「落ち着いたら呼んでくれ」と、ふすまの向こうから声がかかった。

雇用主の優しさに甘えながら、一時間ほど職務をまっとうしたのだ。

パーカーのジップをしっかり閉じると『もう大丈夫っす』とパソコンから送った。

と隣の部屋から声が返ってきた。

「昼飯にするか」

パソコンの右下に目を移すと、今更ながらお昼時であったことを知る。どうやら本当に、ぐっすりと眠っていたようだ。

狂人リビングに出ると、センパイと本日二度目の顔合わせをした。

顔を真っ直ぐと見据えようとしたがダメだった。すぐに顔を俯かせてしまう。

コミュ障を発揮したのではない。乙女の恥入りである。

入社早々のトラブル。センパイはそれをからかうでもなく、蒸し返す真似もせず、

「ほら」

スマホを差し出してきた。

トイレに捨ててきた物と同じ、リンゴ印のメーカーだ。

差し出されたスマホを受け取ると、ずっしりと重かった。慣れ親しんだ物より一回り大きく、この手には余る一品だ。

「パソコンから離れたら受け答えできませんじゃ不便だろ？　だからそいつを使え」

思わず目を見開いた。

「普段の会話はそいつでいい。その代わり、一言二言くらいの返事はなるべく声にして慣れてってくれ」

マジかこのセンパイ。

「どれだけ吃っても笑わん。声帯は筋肉だからな。使っていけば、その内普通に喋れるようになるだろ」

「はっ……は、は……はい」

「よし、いい返事だ。この調子でいくぞ」

気持ち悪い吃りに、センパイは嘲笑うのではなく笑ってくれた。うるさいだけの父や、優しいが強引に手を引こうとしてくる姉さん。わたしへ抱く感情は相反しながらも、求めてくるのはいつだって同じこと。

両手を使わないと計算できない幼児に、数学をやらせる蛮行であった。あの二人は愚かにも、それで会得できると信じ切っているのだ。

一方センパイは、小学一年生の算数ドリルと一緒に、計算機を与えてくれた。まずはこれで数字に慣れることから始めろと。これならわたしでもできそうだと、自信とやる気をセットで与えてくれたのだ。

センパイとは五年の付き合い。しかし出会ってまだ二十四時間も経っていない。仮にも生まれてからずっと家族だった人たちとの差に、愕然とすらしていた。どこまでもわたしの心に寄り添い、全てをお膳立てしてくれる。その背中から後光すら差しているように見えてきた。

尊敬を通り越し畏敬の念をこの胸に抱いた。

この環境で頑張ろう。

改めてそう誓ったのだ。

◆

「今日のところは見学だけだ。横で見ていてくれ」

自宅警備員の研修は、かくして始まった。

まずは料理。

わたしが自宅警備員の業務をまっとうしたために、遅くなってしまったお昼ごはん。調理風景。その見学からスタートした。

「嫌いな物やアレルギーとかはあるか？」

センパイの問いかけに、反射的に首を横に振った。

ただ、これではいけないとすぐに思い直した。

「な……な、ない……で、す」

一言、二言くらいの返事は、なるべく出すと約束したからだ。

目の前にいるのは姉さんでも父でもない。ありのままのわたしを受け入れてくれたセンパイである。臆することなんてなにもない。

それでもたった一言を吐き出すのに苦労するのは、センパイも言った通り声帯は筋肉。長年もの間、ろくに使ってこなかったことによる弊害。思うように動かないのだ。

吃ったこの声が、辟易するほどに気持ち悪い。こんな音など聞きたくない。

でも簡単な返事は声にすると約束したのだ。

「オーケー。なら適当に作らしてもらうぞ」

センパイもまた約束通り笑うことはせず、その目は満足げなものであった。

冷蔵庫の中をしばらく眺めたセンパイは、「よし」と声を漏らすと、調理に取り掛かった。

ラップに包まれたご飯をレンジにかけ、その間に具となる食材を刻み、卵を溶く。慣れた手付きで下準備をしたセンパイは、コンロ台の下にある収納スペースから、中華鍋を取り出した。

これでもかとあおられた中華鍋は、あっという間にチャーハンを錬成した。

食欲をこれでもかと煽る芳しい香り。

「……あ、ぅ」

センパイの前であるにも関わらず、その香りに腹の虫が騒ぎ出したのだ。

昨日のお昼からなにも食べていないのを思い出した。

「ほら、部屋で食ってこい」

反射的にお腹を押さえているわたしをセンパイは笑った。どうやら笑わないという約束は、吃ること限定のようだ。

羞恥に塗れながら、チャーハンと共に部屋へと撤退する。

昨日の内に用意してくれた、折りたたみ机にお皿を置く。

両手を合わせ、胸の内でいただきます。

そんな自分に驚いた。

母を亡くして以来、お手伝いさんが作った料理を前にして、そんな真似はしてこなかったのに。

料理を作ってくれた人への感謝の念が、自然と湧いたのだ。

男の人が作った料理。味の懸念など少しもなかった。

食欲に促されるがまま口にする。

その香りだけでわかりきっていたことだが、美味しかった。

一粒一粒に卵をまとった、パラパラのチャーハン。具材はネギとチャーシューというシンプルさ。これを間違いない味にまとめたセンパイの、意外な料理スキルを見せつけるかのような一品だ。

少食であるにも関わらず、少し多いなと思った量がペロリ。

「味はどうだ？」

薄いふすま越しに、センパイは味の感想を求めてきた。気配で食べ終わるのを待っていてくれたのだろう。

イエスかノーの二択ではない。ちゃんと感想を伝えるには、流石にスマホが必須であった。

『今まで食べた中で、一番美味しいチャーハンでした』

お世辞でもなんでもない、素直な感想だ。

なにせお手伝いさんが作るのは、和食か洋食。最後にチャーハンを食べたのは、何年前かもわからない。少なくとも小学生以来なのは確かであった。

心から美味しかったのは間違いないので、ここは大きく持ち上げさせてもらった。

隣の部屋では感想を知らせる通知音が鳴った。

「そいつはよかった。これにはちょっとはかし、自信があったからな」

センパイの声は、味の感想にホッとしたというより満足気だ。

「ちなみに具のチャーシューも自家製だからな。それがまた、いい味を出すんだ」

『チャーシューも？　センパイ、料理が得意なんですね。ちょっと意外です。失礼かもしれませんが、そういうのは面倒臭がるかと思っていました』

「中一の頃から、自分の飯は自分で作ってきたからな。これでも自炊能力は高いんだ」

自らの料理スキルを、自慢気にセンパイは語る。わたしはそれに、すぐに返すことはできなかった。

中一の頃から、ずっと自分で？

「稼ぎが悪い底辺社会人が、外食ばかりしてると破産するからな。料理が趣味ってほどでもないが、食いたいものがあったら自分で作るようにしてるんだ」

何気ない口ぶりだったが、社会が示す普通の家庭では、そんなことは起こりえないだろう。かといって料理に目覚めたわけでもなさそうだ。

自分のご飯を自分で作らなければならない。センパイはそんな状況に陥ったのだ。

「でも、料理をすると面倒が起きるのも確かだな。それがなにかわかるか？」

センパイとは五年の付き合い。センパイがわたしの家庭環境を知らなかったように、わたしもまた、センパイの家庭のことはなにも知らない。

「片付けだ。洗い物やらなんやらをやるのが、とにかくダルい」

センパイの過去。まだ子供と扱われていた時代。どんな生活を送ってきたのか。

こうしてセンパイと顔を合わせるようになったことで、この人のことをもっと知りたい。

そんな感情が込み上げてきた。

「だからレナ。最初の内は人力食洗機として活躍してもらうぞ」

わたしはその衝動を、

『はい。任せてください』

そっと飲み込んだ。

社会に後ろ暗いものを抱えている、わたしたちの生活は始まったばかり。これから覚えていくべきことはいくらでもある。

センパイのことはもっと知りたい。

でもそれは、今である必要はない。

こんな重荷《わたし》を背負ってくれた。少しでも早く、センパイの役に立ちたいという意気込みがある。

ならまず知るべきは過去ではなく現在。

目の前の自宅警備員の研修に集中しよう。

食後の洗い物が終わったら、そのまま洗濯が始まった。籠に溜まった衣類を洗濯機に全て放り込んで、ポチッとな。洗濯機が回っている間に一階全体を掃除機にかけ、トイレ掃除を行う。それが終われば洗濯機も止まっているので、日当たりのいい二階で洗濯物を干す。

社会人の一人暮らし。折角のお休みだというのに、これだけのことをやらなければならない。いざ手を動かせば二時間もかかっていないとはいえ、週五で働いた先でお休みの日にこれだけのことをこなすのは、確かに面倒だし億劫だろう。家事を任せられると助かるというのは本当のようだ。

料理はともかくとして、それ以外のことはすぐに実践できそうだ。

「おまえに任せたいのは、大体これくらいだな」

センパイがそれで助かるなら、このくらいであれば毎日でもやれる。

……やれるのだが、洗濯については一つの障害が立ちはだかっているのだ。

「ま、下着類は自分でやるから、そこは安心しろ」

　下着の問題である。

　洗濯後、いざ干す段階でセンパイのパンツを目にしてしまったとき、わたしたちの間には気まずい空気が流れた。目にするだけでこの頬は含羞《がんしゅう》に染まるというのに、それを手にするのは精神的にハードルが高かった。

　流石のセンパイも、女子高生に自分のパンツを洗わせるのは躊躇ったようだ。

　ここは『全部頑張ります』と引き受けたいところであったが、乙女の煩悶が勝ったのだった。

「いきなり全部、完璧にこなせとは言わん。少しずつやれることを増やしていってくれ」

「は、は、はい……！」

「よし、いい返事だ。その調子で頼んだぞ」

　狂人リビングで腕を組んだまま、センパイはやる気を与えてくれる。

　誰かを目の前にしたコミュニケーションは苦痛でしかなかった。たとえそれがセンパイが相手でも同じ。それほどわたしはこの喉から発する音が嫌いであり、意思を伝えるのが苦行であった。

　短い時間でそれが克服されていくのを感じた。センパイだけは例外となったのだ。

『でも男の人の一人暮らしの家って、もっと雑で汚いものだと思っていました』

だから文字という形であれ、目の前の相手に自ら意思を伝えるのは驚くべきことなのだ。

「ん？　まあ……前のアパートのときは、おまえが考えてるような部屋だったな。足の踏み場もないとは言わんが、掃除をするどころか、掃除機すらなかったからな」

センパイはスマホに届いたメッセージに、声をもって返事をする。

『そうなんですか？　昨日のスーツ姿も綺麗でしたから、軽い潔癖症なのかと思いました』

それをまた目の前にいるにも関わらず、文字で返事をする。

ちょっと異様なコミュニケーションかもしれない。コミュ障であるわたしを、センパイが慮ってくれている証だ。

「潔癖とは言わんが、人間なにより大事なのは見た目だからな。その前から身なりだけは気を使ってたが、掃除についてちゃんとしようと思ったのは、ここに引っ越してからだな」

『なにか家のこともしっかりしようという理由でもあったのですか？』

「家を粗末にしていると、華々しい経歴に貢献するハメになりそうだからな。昨日も言った通り、示すべき感謝と敬意ってやつだ」

『なるほど』

「後は丁度、奴隷から底辺に成り上がった時期だったからな。余裕もできたから、このくらいの気力が湧いただけだ」

大したことがないように、ただそれだけのことだとセンパイは言った。

ただ、一つ引っかかったワードがあった。

奴隷。

前から底辺社会人だと自称していたセンパイ。その更に下の時期があり、それを奴隷と称する。

どういう意味かと問うべきか。

でもその前に、センパイの右手が目の前に迫ってきた。

その手は頭をポン、と優しく撫でる。ことはない。

「あふっ……！」

予期せぬ衝撃が額を襲い、頭がカクンと仰け反った。痛かったわけではないが、額を両手で反射的に押さえた。

デコピンをされたのだ。

「というかレナ、さっきからなんだその態度は？」

至極生真面目な顔をしたセンパイが、ジッとこの目を捉えてくる。研修中は精一杯、真面目に向き合ったつもりだ。それなのにそんな態度を咎めるのだ。なにが間違ったのだろうか。それに思いいたらないからこそ頭が真っ白だ。

「一丁前にお利口さんぶりやがって」

センパイは自分のスマホをひらひらと振った。

「え……？」

ポカンと開いた口から、間抜けな音が漏れ出す。

「一閃十界のレナファルトは、こんな真面目ちゃんじゃないだろうが。昨日の勢いはどこにいった」

礼儀知らずを咎めるようにセンパイは口を尖らせた。だが、その逆であることを叱咤しているのだ。

スマホを貸与されてからセンパイとしたやり取りを思い出すと、確かにレナファルトとは無縁の言葉選びだ。

ふすま越しならこの手にはレナファルトはログインできる。それがこうして顔を合わせているときは、ログインができていない。この手はお利口さんの真面目ちゃんにしか動いていない。

なにせレナファルトは無礼者。目の前で堂々と、センパイに失礼な真似をするのは厭うているのだ。

「俺に今までほざいてきたことを振り返ってみろ」

センパイの手がまた目の前に迫ってきた。

「今更失礼無礼な失言を気にして、いい子ちゃんぶっても無駄だぞ」

その向かう先は、額ではなく頭。ポンポンと優しく撫でたのだ。

全くもって正論である。

わたしは色んな表現を駆使して、センパイを煽ったりしてきた。それがたとえネタであれ、盛り上がった場の勢いとはいえ、散々無礼失礼を重ねてきたのだ。

顔を合わせたくらいで、そんな過去がなくなるわけがない。今更いい子ちゃんぶっても、センパイの調子を狂わせるだけかもしれない。

『カァー、ロジハラの上にセクハラとか、どうなってるんすかこの会社！』

この手には気づけば、自然とレナファルトがログインしたのだ。

「我社は年齢、学歴、業務経験不問。優しい先輩が教えてやる気にさせてくれる。仕事以外でもみんな仲良しで頑張りを評価する、将来は独立可能な社員の夢を一緒に実現する、熱意があればＯＫなアットホームで家庭的な職場だ」

『ブラック企業のよくばりセット止めろ』

「でも住み込みだから家賃はかからないし、食費光熱費は弊社負担だ。どうだ、中々魅力的だろう？」

『で、肝心な給与は？』

「やりがい」

『ただの奴隷定期。ブラック企業大賞に推薦しとくわ』

スマホから目を上げると、おかしそうにしているセンパイの顔が覗けた。

変に取り繕わなくてもいい。ふすま越しでも目の前にしていても、せめて文字の上ではいつものレナファルトでいいのだとわかった。

わたしたちの間の正解に、胸の内から喜びの感情が込み上げる。

自然と口端が、くすりと小さく上がっていた。

『ま、ともあれ今日教わったことは、明日から早速実践するっす。センパイの下着（使用済み）も任せてください』

「余計な括弧をつけるな。……でも、いいのか？　無理はしないでいいぞ」

『ブリーフだったら無理だったたっすけど、黒のボクサーパンツならギリいけそうっす』

「わざわざ色をあげつらうな」

『干したパンツ、全部同じでしたよね？　つまり今センパイが穿《は》いてるのは……』

「そういうおまえはどうなんだ？」

『アダルティな黒のストリングっす』

「嘘つけ。どうせ下もピンクだろ」

「う……！」

羞恥の熱に頬が襲われた。

シャツ越しに我が誇りを支える下着を見られたのを忘れていた。

センパイの口元はニヤリとしている。男の下卑たる欲望が込み上げたのではない。やぶの蛇をつついたことに、鼻で笑っているのだ。

かくしてわたしは、包丁を手にしていた。

現在着用している下着、その色。バレるどころか辱めを受けたので、『おまえは知りすぎた』とセンパイを刺すためである。

というわけではない。

『料理のほうも、早速実践していきたいっす』

「あれもこれも、一気に覚えようとしても大変だろ。少しずつ覚えていってくれればいいんだぞ？」

『大丈夫っす。自分、神童なんで。詰め込み教育もちょちょいっすよ』

「ま、そこまで言うなら、やるだけやってみるか」

センパイはあっさりと許してくれたのだ。

夕方を待たずして、こうして実践の場《キッチン》に立たせてもらえた。

母のお手伝いでお皿の配膳はしたことはあっても、料理に携わったことは一度もない。

だからこうして包丁を手にしたのは初めてだった。

包丁を強く握りしめながら、刀身に目を落とす。その刃先を振り下ろす先、まな板の上に乗っている玉ねぎにちらりと視線を移す。

「怖いか？」

包丁を握りしめたまま動かないわたしにかかるセンパイの声。無理しなくてもいいんだぞ。そんな慮る温かさを感じた。

「い、い、いえ……」

わたしはかぶりを振った。

初めて扱う包丁に指を切るかもしれない。そんな恐れに飲まれていたわけではない。

胸の奥から込み上げてきた感慨に浸っていたのだ。

折角握った包丁。それをすぐに手放すのを躊躇ったが、まな板の上にそっと置いた。センパイに意思を伝えることを優先したのだ。

　ポケットから取り出したスマホに、抱いた感慨を打ち込んだ。

『これを装備するときは、ヒューマン共に振り下ろすときだと思っていたんで。まさか最初の被害者が、玉ねぎくんになるとは』

　ただの引きこもりが包丁を装備することはない。無敵の人へクラスチェンジしたときに、包丁を装備するかと思ったが。まさか自宅警備員に転職して、この装備をするとは考えもしなかった。

　人生わからないものである。

「包丁を人に向かって振り下ろす？」

　そんなわたしの感情とは裏腹に、センパイは生真面目な顔をした。

「バカなことを言うな。一閃十界のレノファルトが、そんな真似するわけないだろ」

　重たい口ぶりであったが、そこに恐れや戸惑いは覚えなかった。

　わたしが人を殺《あや》めるような酷い人間ではない。モラルに溢れた、ただの女の子のように扱ってくれたからだ。

　センパイはわたしのことをそんな風に見てくれているようだ。そんなセンパイの思いは素直に嬉しい。でも……わたしはまともな人間じゃないのだ。

根っこが腐っているどころではない。取り返しがつかないほどに土壌が腐っているのだ。どれだけ綺麗な種を植え、素晴らしい環境に身を置こうと、今更綺麗な花なんて咲くわけがない。

人の不幸を笑いものにできるだけじゃない。

人の死にエンタメすら感じることができる。

わたしはどこまでも身勝手な、醜悪な人間である。

センパイの前にいるのは、そんな酷い生き物。わたしのことを誤解しているのだ。

「なにせおまえは質より量」

……と、思ったのだが、

「人の命をスコアに見立てて数を稼ぐタイプだ」

センパイは誤解なんて微塵もしていなかった。

「目標は高く掲げて最低三桁。一撃のもと大量に葬りスコアを稼ぎながら、ネットに犯行声明を出す。そうやって劇場型犯罪で世間を賑わせ、一閃十界のレナファルトの名を歴史とＷｉｋｉに刻む。それが無敵の人になったときのおまえのやり口だ。そんな奴が包丁なんて非効率手段、選ぶわけがないだろ」

センパイは至極真面目に、無敵の人になったときのわたしの犯行を解説した。

一から十までその通りである。無敵の人になったとき、包丁なんて選択肢にも入れないだろう。

「ふふっ……！」

思わず口元を押さえながら噴き出した。

本当にこの人は、一閃十界のレナファルトのあり方を熟知している。どれだけ酷い内容であろうとも、歯に衣着せずズバリと言われたらいっそ清々しい。

『そうっした。自分が効率厨なのを忘れてたっす』

間違いなく、センパイはわたしの真の理解者だ。

それを胸に刻みながら、包丁を握り直す。

親切丁寧にお手本を見せてもらい真似をする。

センパイなら数十秒で終わるであろう工程を、見守られながら数分もかけてゆっくりと進めていく。

その繰り返しの果てに、人生初の料理を完成させた。

定番のカレーである。

食材は玉ねぎと豚肉、にんにくが一欠け。ジャガイモや人参は入っていない。わたしに気を遣い食材を絞ったのではない。単純にセンパイの好みの問題のようだ。

終わってみればセンパイが作ったようなもの。

「うん、美味い。初めてでこれは上出来だ。神童なのは嘘じゃないようだな」

それなのにセンパイは、全てわたしの手柄のように、手放しで褒めてくれた。

初めて作った料理。お手伝いさんが作ってくれたもののほうが味はいいはずなのに、比較にならないほど美味しく感じた。思えばお昼のご飯もそうだ。

すぐにこの美味しさの正体に思いいたった。

温かいのである。

わたしは今日まで食事に執着はなかった。味がいいのに越したことはないが、食事はただの栄養補給。同じご飯が続いても不満を抱くことはないほどに、食事に楽しみを求めていなかった。

美味しいという感情が蘇る。

こんな感情いつぶりくらいか。

追憶の先。行き着いたその記憶が、そういうことなのかと教えてくれた。

泣きそうになるのを必死に堪える。

気を遣ってくれたセンパイが、食事のときは別々にしてくれている。お昼ごはんのときのように隣部屋で食していた。

だからここでもし泣いてしまえば、その音がセンパイに伝わってしまう。こんな形で心配はかけたくなかった。

涙を飲み込むように嚥下した先から、スプーンを口に運ぶ。

ご飯が美味しい。

遠い過去とすら感じるその食卓。父はいない。

いるのはわたしと、姉さんと、そしてお母さん。それがわたしと姉さんだけになってから、ご飯が美味しいと感じたことはなかった。

誰がご飯を作るのか。それは確かに大事なものだろう。

でもそれと同じか、それ以上に、誰と食べるご飯かが大事なのだ。

真の理解者が側にいてくれる。ふすま越しとはいえ、同じものを食べている。

楽しさと幸せという温かみこそ、わたしが失っていた「美味しい」なのだろう。

◆

監督されながら洗い物を終えたところで、今日の自宅警備員の研修は終わった。

時刻は十七時を回った頃合い。仕事終わりとしては定時と言えようか。

部屋で落ち着き、どこかゆったりとした時間が流れていた。

「そういやレナ」

そんなときふすまの向こうから、

「おまえってなんでそんなに綺麗なんだ？」

「ふぇ……!?」

いきなりセンパイが羞恥の爆弾を投げてきたのだ。

おだてるでもなく、からかうでもなく、担ぐでもない。昨日わたしを美少女なんて表現を当てはめたときのように、綺麗だと告げられたこの胸中はかき乱される。

可愛いとか綺麗に当てはめられたい。わたしはそんな承認欲求は持っていない。父や陽キャ集団、そして姉さん。彼らに褒められたところで、へー、とか、ふーん、とか、はあ、とかいう気持ちしか湧いてこない。ありがとうとでも言って、喜べばいいのか？　なんて面倒臭さすら感じている。

それなのにこの胸はムズムズして、頬は熱くなり、変な高揚感すら込み上げてきている。

正直に白状すると、嬉しかった。

センパイに褒められて、ないと信じていた承認欲求が満たされたのだ。

嬉しい感情以上に、むず痒い煩悶に襲われた。

『なんやいきなり』

ボケなければ死んでしまう病の手が、ノートパソコンのキーボードを叩いていた。咄嗟に動いたこの手は、気の利いたボケを吐き出せなかった。

「悟りを開いたときからずっと引きこもってきたんだろ？」

事実を事実のまま伝える声音。

「そんな奴がなんでそこまで小綺麗にできてるんだ？」

胸の内に湧いた感情は、勘違いを知ってスッと引いた。

どうやらセンパイは、わたしの容姿を褒めるために綺麗という言葉を使ったわけじゃないようだ。

「特に引きこもりらしさがまるでないその髪はどうしてるんだ。おまえが美容院なんて通えるとは思えんぞ」

当然だ。会話を求めてくる奴は、センパイ以外全員死ねばいいとすら思っているわたしが、あんな魔境に通えるわけがない。

『これはセルフカットっすよ。伸ばしっぱなしにしても鬱陶しいんで、肩くらいでキープしてるっす』

「ちゃんとケアまでしてるようだが。普通の女なら当たり前でも、引きこもりのおまえが人に見られることを気にするか、って疑問がある」

その通りである。リアルで人との関わりを捨てているわたしは、誰にどんな風に見られようが構わない。身なりを整え清潔感を保つのは、どうでもいいと考えている。

だからこれは、自分の意志でやっていることではない。

『それは姉さんの怒りを買わないためっすね』

「姉さんの怒り？」

『その辺を怠ると姉さんに怒られるんすよ。面倒で面倒で仕方なかったっすけど、ケアとかは嫌々仕込まれてきたっす』

引きこもり問題について、優しくたしなめてくることはあっても、姉さんは一度も怒る真似はしなかった。そんな姉さんの唯一のブチギレポイントが、女を捨てる真似である。強引に部屋から引きずり出され、美容院に連行されたときは本当に恐ろしかった。あんな怖い体験は二度とごめんである。

そんな美容院に行きたくないという鋼の意思が、セルフカットの腕を高みに導いた。その神童ぶりに姉さんは驚嘆した。呆れ果てたとも言える。

肌の手入れなども同じだ。疎《おろそ》かにしてボロボロにしようものなら、エステに放り込むと脅されたのだ。脅迫に屈したわたしは、渋々嫌々、その辺りをしっかりとする術を覚えたのだ。

全ては姉さんを怒らせないため。身だしなみや清潔感に気を払っているのは、自衛手段なのである。

「ようやく合点がいった。昨日の格好。明らかに引きこもりのセンスじゃないもんな」

『流石センパイ、自分のことをよくわかってるっすね。ご明察。あれは姉さんが見立てた装備っすよ』

服を買い足すのは、年に二回のペース。強制的に外へ連れ出され、姉さんがわたしの服を選ぶのだ。姉さんのお人形さんになっているわけではない。どんな服が欲しいのか、ちゃんと聞いてくれる。

でもわたしの意思が反映されたことは一度もない。自分を飾りたいなどと思わないから、心の底からどうでもいいのだ。

学校に行くときは制服だし、屋内装備はどれも通販でポチったもの。人と話すことがなければ外出は厭わないが、する理由もないので部屋に引きこもる。出たとしても、制服か屋内装備でことが足りる。

姉さんが選んだ服に袖を通してきたのは、いつだって試着が最後だ。

『おかげでセンパイと会うのに、着ていく服がない、って状況は免れました』

だから今回、姉さんが選んだ服を持ち出した。

センパイと会うのに恥ずかしい格好はしたくない。思えば無意識下で、そんな風に考えていたのかもしれない。

「なるほど。おまえの姉さんが優しいっていうのは、本当のようだな」

『優しいのはいいんすけど、正直、放っておいてほしかったっすね。嫌々オーラ全開だったのに問答無用っすから。お互い嫌な思いをして終わりなのに、姉さんはしつこいんすよ』

「文字通り、おまえのことを世界一想ってくれてる結果だろ。たとえ疎まれてでも、人生のイージーモードを残してやりたかったんだろ」

『人生のイージーモード？』

言わんとしている意味がわからず、ノートパソコン前で首を傾げる。

「性格の悪い美人と、性格のいいブス。どちらを選ぶ、って問題があるだろ」

『少なくともこの問題を作った奴は、絶対に性格の悪いブスっすね』

「そりゃ間違いない。ブスを選ばせんとする意図が丸見えだ」

『ちなみにセンパイはどっちがいいっすか？』

「そんなの決まってるだろ」

センパイが鼻で笑う音を出す。

「性格のいい美人だ」

『二択問題だって言ってるだろいい加減にしろ！』

「ブスを選ばせるために生まれたクソ問題なんて、真面目に答える価値なんてねーよ。そもそもどんな人生送れば、そんな極端な二択を迫られる。愛するものか、それとも世界か、ってか」

『クソ問題が急に壮大になった件。そう考えると発想がアニメや映画のそれっすね』

「この社会ってのは、もっと複雑で面倒でかったるい。極端な二択で楽をさせてくれるほど、甘い世界じゃねーんだよ」

椅子が軋《きし》んだ音がした。背もたれに身体を預けたのかもしれない。

「でも言えるのは、人ってのは美しいものを持て囃し、綺麗なものに目が眩む。中身なんて二の次、三の次。形が悪けりゃ触れるのを躊躇うし、それだけで粗末に扱う。たとえ中身が詰まっていても、美醜一つで判断が変わってくる」

『例えばどんな状況っすか?』

「直近なら、おまえの雇用だな」

思わぬ例に、思考と共にこの手が止まる。

「レナ。確かに俺たちは気心の知れた仲だ。だから雇用を求められたとき、少しくらいは面倒をみてやろうと思った。でも、蓋を開けてみれば中身は子供。正直な話、雇うのはギリギリまで迷ったよ」

ギリギリまで迷った。

そう聞かされたわたしの胸の内は、失望でも罪悪感でもない。

当然、だ。

センパイは保身に走ることに関しては、他の追随を許さない。わたしがそう評したのではない。

『俺が死ぬほど嫌いな言葉は責任だ』

と普段から主張しているのだ。

実際ネトゲに興じているとき、責任を擦《なす》り付けるスキルを遺憾なく発揮していた。その思惑を知っているわたしですら、センパイは悪くないこいつが悪い、と洗脳されかけたことも多々あった。

そんなセンパイが一番のメリットを拒んでまで、わたしを雇ってくれた。それこそが驚くべきことなのだ。

「おまえがトロールの類や、ましてや男だったりしたら、今後のご活躍をお祈りしていたな」

『残当っすね。ならセンパイに釣り合う程度の、ザ・女子高生でもお祈りっすか？』

「俺はそこまで薄情じゃない。『これこれの事情で私を訪ねてきた妹さんを、送り届けに来ました。後はよろしくお願いします』ってやるさ」

『センパイが良識人ぶった大人の対応を取る、だと？　そんなことが起きた日には、ハルマゲドンっすね。人類は滅亡する！』

おちゃらけながら、起きるわけもない壮大なことを言う。

わたしは現実主義者だ。道連れは三桁を超えれば御の字。人類を滅亡に追い込むラスボスの器はない。

『つまり自分が美少女だったから、世界は救われたってことっすか』

「俺たちの五年という中身に、美少女という形。その二つが伴って、ギリ雇ってやるかってなったんだ」

『ひ、酷い……結局、私の身体が目当てだったのね！』

「攻城戦はしないと言ったが、あれは嘘だ」

『きゃー、犯されるー！』

わざとらしいセンパイの低い声を、笑いを堪えながら聞き届ける。

こうは言っているが、センパイが将来の攻城戦を見越して、わたしを抱え込んだのではない。それだけは信用していた。形が伴ってこそであっても、レナファルトとの関係を大切にしてくれた。わたしにはそれだけで十分嬉しかった。

「それにおまえだってそうだろ」

『ん、なんのことっすか？』

「もし俺がハゲ散らかしてる肥えたオークだったりしたら、そのときはどうしたんだ？」

『あー』

「覚悟を決めて来たとは言ってたが、戦意喪失して撤退を決め込んだだろ？」

わたしはセンパイのことを尊敬している。慕っている。それでも生理的嫌悪感を抑えるのにも限界があるのだ。

魔物が来た日にはオフ会は即終了していただろう。

『そうっすね』

センパイがザ・社会人であったとき、心の底からほっとした。神に感謝を捧げるほどに喜んだ。

『ほんとのところ、チー牛でギリギリだったっす。生理的嫌悪感もありますが、それ以上に自分のセンパイ観が傷つくのがなによりきつかったっすから』

だから今回の件。見た目で選んだのはセンパイだけではない。わたしもまた、センパイを見た目で選んだのだ。

『だからセンパイがザ・社会人であったことに、どれだけ救われたか』

人は見た目じゃない。

人は中身である。

それがどれだけ綺麗事であるか思い知った。

『センパイ』

どちらも欠けていてはダメなのだ。

『下手にイケメンじゃなくて、本当にありがとうございました』

貴方の顔は、これ以上ないほど最高です。

「ピンクの下着を剥ぎ取られたいらしいな」

『セクハラが絶えない素敵な職場！』

心から楽しい、頑張りたいと思える居場所である。

「ま、この通り俺たちの間柄ですら、見た目一つで判断がこれだ。イケメンや美人ってだけで、あからさまに待遇はいいし役得も多い。羨望だけじゃない。隣に置きたい相手として認められる。見た目っていうのは格差になるほど、この社会じゃ重要な役割を果たしてるんだ」

『そういうことっすか』

センパイの言わんとしていること。落とし所がわからないほど鈍感ではない。

『人生イージーモードの条件を、姉さんはちゃんと自覚してたんすね』

「端から見ていて、そんな風には見えなかったのか？」

『恵まれている自覚はあるけど、見た目がよければ人より得をする。そんな考えを持ってるようには見えなかったっすね』

「その辺り、匂わせないようにしてたんだろうな。なにせその考えは外聞が悪い。どれだけ実体験で学んだ真実であれ、公の場で口にできるものじゃない。そんな思想は許されないって、弾圧してくる連中が湧いてくるからな」

『どの連中っすか？』

「社会だ。羨ましい妬ましい。ずるいずるいって、持たざる者たちが騒ぎ立てる。覚えておけレナ。たとえ中身が嫉妬や責任転嫁であれ、それっぽい綺麗な形に整えればなにをしても許される。そう信じ込んでいるタチの悪い連中の横暴が、リアルでもまかり通ってるんだ」

わたしは部屋から出ず、社会を知らない子供である。でもセンパイの言いたいことは、身に沁みるほどにわかっていた。ネットという世界で、文字通り腐るほど学んできた。

でもセンパイの実感がこもった声の温度。それはただ遠目から見てきただけではない、身近で起きたなにか。負の経験則から物語っているように感じた。

「だからおまえの姉さんは、それを明け透けには言わなかった。身だしなみや清潔感を保つのは、自身のためだけじゃない。側にいる人を不快にさせないためだ、とでも言いながら教え込んだんじゃないのか？」

『センパイ、実はエスパー説？』

「なに、それっぽい言葉で、綺麗に整えただけだよ」

誇るわけでもなく、大したことじゃないという口ぶり。

「綺麗なものには綺麗なものが寄ってくる。わざわざ綺麗なものが、汚いものに寄るのは少数派。同じ箱に詰め込まれたとき、そうやって似たような形が集まり、グループが形成される。中身の確認はその後だ。

それをよくわかっているからこそ、おまえの姉さんは復学した後のことを考えた。人間関係で苦労しないよう、イージーモードを残してやったのがこれ。巨乳ＪＫ美少女のアバターなんだろうよ」

姉さんは口うるさく、わたしの見た目に口を出してきた。あれだけ嫌々オーラを出し疎むような態度を取ったのに、無理矢理にでも手を引っ張り、飾りを見立ててくれた。

全てはわたしが復学したとき、人生のイージーモードを歩めるように。

そこまで考え世話を焼いてくれていたなどと、今日まで一度も思いいたらなかった。

『でも自分みたいのがイージーモードを歩めるって言われても、ちょっと実感が湧かないっすね』

「そういや入学式に秒で心が折れたって言ったな。なにがあったんだ?」

センパイは質問を質問で返してくる。

『クラス一丸となって頑張るぞい、というクソみたいな風潮蔓延《はびこ》る、陽キャ養成校だったことに絶望しました』

「他には?」

『陽キャの王と女王と宰相に囲まれました。まさにあれは、心霊スポットに悪霊が湧いてるようなものっしたね』

「つまり悪霊たちに見込まれた。それが客観的なおまえの外見ステータスだ」

「ぁ……」

小さな音が漏れ出た。

わたしに働いた慇懃無礼。末代まで祟ってやると決めたあの蛮行には、そんな意味があったなんて。

家族とすら満足に会話できない引きこもりが……あんな雲の上のような存在に認められたなど、どうして思うことができようか。

思い返せば王たちは、責任を感じて家まで訪ねてきた。彼らを勝手に恐れ、慄き逃げ出したのはわたしのほうだ。……きっと悪い人たちじゃなかったのかもしれない。

『ちなみにセンパイから見て、自分はどのくらいっすか？』

「もし俺がおまえのクラスメイトだったら、まず声をかけることはないだろうな。そのくらい顔面ステータスに格差がある」

『センパイがクラスメイトだったら、っすか。そんな奇跡があったら、学校生活をキャリーしてもらいたかったっすね』

「ネトゲで知り合ったコーハイがクラスメイトだった件について」

『おまえがラノベの主人公になるんだよ！』

「人の命をスコアに見立てるクソヒロインなぞ、絶対流行らん。おまえにお似合いなのは、家出もののエロゲやエロ同人くらいのもんだ」

『よく考えたらうちの高校、底辺お断りでした。センパイ、母校の偏差値いくつっすか？』

「今から心霊スポット一人置き去りの刑な」

『禁止カード止めろ！』

椅子から立ち上がる気配を感じ、一人このホラーハウスに置き去りにされる恐怖に慄いた。

なんてことはない。

昨日『今どんな顔してんのか見にいくわ』とセンパイは立ち上がる気配を出しながらも、行動には移さなかった。

こんな応酬を重ねながらも、してほしくないことは絶対にしない。わたしのことを考えて、その線引きをしっかりとしてくれる。短い間ながらも、わたしはセンパイを信頼していたのだ。

だから沈黙が続いても、センパイとの楽しいやり取りの余韻に浸っていた。それがあれ、っと首を傾げそうになったのは、ごそごそと衣擦れの音が聞こえてきたからだ。

センパイが着替えをしているのだ。

部屋着から寝間着に着替えているのか。はたまた寝るときは下着姿なのかもしれない。そこに男らしさを感じたいところだったが、子供が寝るにも早すぎる時間帯。就寝の準備をしているわけではないのは明白だ。

そわそわとしながら衣擦れの音を聞き届けると、この手はキーボードではなくふすまに伸びた。顔一つ分ほど開くと、そっと向こう側を覗き込んだ。

「……ぁ、あ」

力強くこのまぶたはひきつった。

恐れ慄くほどのその光景。そこにいたのは悪霊でも化け物でも狂人でもない。

私服姿のセンパイだった。

部屋着から一転。シャツの上からジャケットを羽織った姿。ちょっと近くのコンビニまで、というにはしっかりしすぎている、お出かけに相応しい様相であった。

「じゃ、ちょっと出てくるわ」

顔を覗かせているわたしに気づいたセンパイは、ニカリと白い歯を見せてきた。もしイケメンだったなら、それはもう絵になるだろう爽やかさまで演出している。

そんな微笑みを向けられたわたしは、一歩、二歩と後ずさった。乙女のハートがトキメキふらついたのではない。前述の通りこの胸の内を支配するのは恐怖であった。

『ちょっとmtえ！』

慌てふためきながらキーボードを叩いた。焦りすぎて打ち損じている。

「自宅警備員の本領発揮だな。職務をまっとうしろ」

『え、ネタっすよね？』

「レナ。これが冗談に聞こえるか」

『学歴煽りしてすんませんでした！　許してくださいなんでもしますから！』

「ん、今なんでもって言ったか？　そうか、巨乳JK美少女がなんでもか……」

センパイが意味深に間を置いた。

「なら、存分に自宅警備員の職務に励んでもらおうか」

『あwrbにぃあbryたっばnyぇんばにぃlばえnyぃbwrんぁbんぁbてたyばtlにゃbtにぃあb』

冷静にふじこってる場合じゃないほどに、この手はパニックを起こす。

マジふざけんなこいつ！

胸を満たしていた恐怖は焦燥へと変化し、そのまま怒髪天を衝いていた。心の中とはいえ、センパイをこいつ呼ばわりしたのは初めてだ。

「ま、冗談はこのくらいにして」

よかった。やっぱり冗談だったのか。ネタに走ることはあっても、センパイはわたしの嫌がることはしないと信じていた。

「一人にして悪いが、ちょっと出てくる」

『飯食ったばっかなんすから、天丼なんていらないんすよ！』

それもつかの間。信頼は秒で裏切られた。

「レナ、真面目な話だ。ここはちょっと堪えてくれ」

センパイの声は至極生真面目なものだ。

一人置き去りにするのは学歴煽りの罰ではないのは、それだけですぐに受け止めた。必要に駆られて、センパイは外出するのだと。

『どこへ行くんすか？』

「ガミの店だ」

会話の流れでたまに出てくる、センパイの友人の名前だ。

お店はどうやらバーらしく、金曜日は必ずそこで過ごしている。まさに昨日、わたしはそこからセンパイを呼び出す形になったのだ。

「言っておくがただ飲みに行くわけじゃないからな？　流石の俺も、そんな理由でいきなり一人きりにする真似はせん」

二階で一人になるのすら恐れたわたしを、センパイはちゃんと慮ってくれているようだ。

「おまえのことを、あいつに説明してくる」

「え……」

喉を鳴らした。

保身に走ることにかけては一流であるセンパイ。女子高生を家で匿っているのを、一時の優越感のために『誰にも言うなよ』と、言うような人ではないのはわかっている。ならどういう意図で、そんな説明をしに行くのだろうか。

「大丈夫だ。ガミは遵法精神の欠片もない、享楽主義者だからな。おまえが思う心配はない」

友人に対して凄い言いようであり、信頼感である。

「昨日の段階で、説明するって言っちまったしな。ここではぐらかし後からバレて、なんでこんな面白いことを隠してたんだ、ってなるほうが厄介だ」

そして厄介な人のようである。

ぶっとんでいる性格であるのは聞いていた。

人体改造を施し男から女になったらしいが、それは精神上の性の不一致でもなく、女に目覚めたわけでもない。男をやるのにも飽きたから女になってみた。センパイはそれを、ソシャゲの性別変更の感覚だと指摘していた。

わたしたちの状況を面白いことで括れる辺り、そういう人間性なのだろう。姉さんとはまさに真反対である。

「ならいっそ全部ぶちまけて、協力を仰いだほうがよっぽどいい。男じゃ足を踏み入れられない聖域にも、ガミなら平然と踏み込めるからな」

女性用品のことを考えてくれているのだろう。

この屋根の下にどれだけの間いられるかはわからないが、長期滞在をするのならその問題からは目を背けられない。下着類から始まり消耗品などあげていくとキリがない。通販で大抵のことはなんとかなるが、それでも直接手に入れる必要があるものも出てくるかもしれない。そんなときセンパイに買ってきてもらうには、お互い難易度が高すぎる。

「ガミ次第だが、遅くなるかもしれん」

センパイはふすまを開いて、

「頑張れるか？」

少し不安げな顔を覗かせた。

昨日も一度だけ、寝具の調達で一人きりとなった。でもあのときは、自分みたいなのを受け入れてくれたセンパイへの感謝の念と喜びによって、ここが心霊スポットであることを忘れていた。

昨日と今日では、もう事情は違うのだ。ここに一人取り残されるのは怖すぎる。

「は……は、はい」

そんな恐怖を飲み込みながら、蚊の鳴くような声を出す。

センパイは避けては通れない問題を、解消しようと動いてくれるのだ。怖いから一人にしないでくれ、なんて甘えを許してはならない。このような形でセンパイの足を引っ張る真似はしたくなかった。

「よし、いい返事だ」

優しい手が、ポン、と頭に乗った。

「その調子で職務をまっとうしろ。自宅の警備は頼んだぞ」

◆

最後まで一人になることに抗うよう、玄関から雇用主を送り出した。

ガチャリ、と鍵がかかる音。

心霊スポットに取り残された合図のように、身体の芯に冷気が流れ込んだかのように震えてしまった。

振り返ると二階へ続く階段が目に入る。玄関の電気は点いたまま。ただその上りきった先は闇である。

なにかがその闇で蠢《うごめ》いたような気がした。

もちろん恐怖から生み出された錯覚である。錯覚であってほしい。そうでないと困る。錯覚であれどうであれ、このホラーハウスが過去四十人の魂を平らげてきた実績はなくならない。

でもセンパイはこの家で五年の間、なんの憂いもなく無事生き延びている。

結局のところ、奇跡のような不幸の連続。奇禍による偶然の積み重ねが起きた場所のことを、人は心霊スポットと呼んでいるにすぎないのだ。

過去はどうあれこの現代社会。非科学的な不思議な力を信じるなんてバカらしい。で、片付けられないのがこのホラーハウスである。

僧侶を救急車経由霊柩車行きにして以来、この家は華々しい経歴と輝かしい戦歴を伸ばす機会を失われてしまった。嘆かわしいことに、記録は十数年も前に打ち止めとなっているのだ。

その代わりのように、今日まで積み重ねてきた燦然《さんぜん》たる来歴というものがあるようだ。

いわく敷地内にゴミを不当投棄した中年が、原因不明の肩の重さに悩まされている。

いわく不法侵入したオカルトマニアが、なにかに背中を押され階段から転がり落ちた。

いわくこの家屋に近いほど、精神疾患に陥りやすく異常行動に走りやすくなるなど。

心霊スポットあるあるの無責任な噂が、雨後の筍のように生やされている。……と話を聞かされた当初、センパイも信じていなかったようだが、すぐに燦然たる来歴が本物であることを知ったらしい。

近隣住民の入れ替わりがとにかく激しいようだ。引っ越し業者が作業している機会を見るのが、あまりにも多すぎるとのこと。

この家を起点にして、近隣の引っ越し頻度の統計を取ると、きっと面白い結果になるだろう。

実際、それを行動に移した者たちがいたらしい。大学のオカルトサークルが訪ねてきたとのこと。

真面目とは言い切れない、男女入り混じった軟派な雰囲気漂う集まりであったが、統計は真面目に取るつもりであることが伝わったようだ。統計に興味があったセンパイは、それならと家に彼らを上げ、リビングに残されたカルト教団の置き土産や、あまり使っていない二階まで案内したようだ。

統計が取れたら教えてほしいと連絡先を交換したが、彼らの姿を見たのはそれっきり。数ヶ月後、思い出したように統計がどうなったかが気になったセンパイは、部長さんにメールをすると、

『ごめんなさいごめんなさいごめんなさいごめんなさいごめんなさい』

それだけが延々と綴られた返信があったようだ。

彼らの身に一体なにがあったのだろうか。

そんな燦然たる来歴を誇り、ただそこにあるだけで、近隣の土地価格の相場を下げるホラーハウス。この家には間違いなく、不思議な力が宿っているのだ。

再びゾクリと恐れ慄きながらも、それではいけないとかぶりを振った。

センパイが言っていたではないか。この家に示すべきは敬意と感謝。敬い尊ぶ気持ちを大事にすれば、この家は守り神にすらなってくれると。

減点方式ではなく、加点方式で考えるのだ。

近隣八分を受けるほどに、近隣住民はホラーハウスを恐れている。ならばきっと、センパイがいない日中に、人の気配がしても不審がらないのではないか？　むしろ恐ろしいものとして受け取り、余計に関わり合いになりたがらないだろう。

自宅警備員としてどれだけ長く勤められるかわからない。だが近隣住民の通報や介入による、強制解雇は避けられるだろう。

過去にどれだけの華々しい経歴と輝かしい戦歴があろうとも、自らに牙を剥いてこなければ関係ない。むしろそれこそが、わたしを守る剣とならんとしている。

そう考えると、このホラーハウスが本当に守り神に思えてきた。

気づけば狂人リビングの祭壇の前で合掌し、

『我が名は一閃十界のレナファルト。どうかこの家の庇護下に入ることをお許しください。近隣住民はどうなろうと構いませんので、何卒よろしくおねがいします』

と敬い尊ぶ気持ちを示していた。

昂ぶっていた感情はすっかり落ち着き、調子を取り戻していた。

今日よりこのホラーハウスで、自宅警備員としての務めを任された。センパイが維持してきたこれまで以上に、綺麗にしていこうと決めたのだ。

そうなるとこれからやるべきことは決まっていた。

メイド王に到るための勉強であった。

リスクを背負ってくれたセンパイに報いるため、家事を担うと決意した。全てをお手伝いさん任せにしてきた、家事スキルゼロの引きこもりがだ。

なにがわからないのかわからない。今日の研修でそれにようやく毛が生えた。

覚えるべきことはいくらでもある。遊んでなんていられない。

わたしは神童である。やる気なんてなくても、大抵のことはちょちょいである。父が満足する成果を吐き出し続けた数字こそがその証明。

つまり目的意識を掲げ、やる気に満ちたわたしは、最強と言えようか。

この世界で生きるのに必要な知識は、全てネットで得られる。

まずは料理を覚えるため、貪欲に知識を貪《むさぼ》ったのだ。それこそ時間を忘れるほどに流れていった。

そうやって料理研究家の動画を連続視聴し、料理を学ぶために見ているのか、お酒を飲む言い訳を聞くために見ているのか。それがわからなくなった頃、突然の音にビクリとした。

音の発生源は部屋の外。狂人リビングからだ。

迷いなく立ち上がったわたしは、部屋の外へと飛び出した。

リビングにいたのはホラーハウスの悪霊や化け物でもなければ、招き寄せた狂人や強盗でもない。

センパイだった。

出ていったときと比べて顔が赤らんでいるのは、羞恥でもなんでもない。お酒を飲んできた結果だろう。

雇用主にして家主のご帰宅。

「お、お、お……おかえり、なさい」

母が亡くなって以来、一度も使ったことのなかった呪文。義務でもなく礼儀でもなく、胸の内から自然と零れ落ちたのだ。

センパイは吃ったわたしを笑うことはない。

代わりに見せたのは、面食らった顔だ。

一秒、二秒、三秒。

ただただ無音が流れていき、その分だけ焦燥感は次第に大きくなっていった。

なにか間違ってしまったか。

自分の中でそれを探している内に、センパイは薄っすらと笑みを浮かべた。

ああ、よかった。

「おう、ただいま」

どうやら笑えないような失敗は犯していなかったようだ。

# 第三話　ろくでなしの謳《うた》

駅構内の蕎麦屋が期間限定メニューを更新していた。

燻製のり弁ピリ辛グリーンカレー蕎麦。七百円の大台に乗ったその一品。キワモノ臭がぷんぷん溢れている品名だが、蓋を開ければその名の通り。トッピングはのり弁定番の揚げ物の味が燻製風であり、スープはピリ辛グリーンカレーというだけだ。

絶対に注文したら後悔する。不味いからではない。まあこんなものだよな……となるのが目に見えているからだ。

七百円も出してそんな気分になるくらいなら、半値以下のもりそばこそが正義である。お財布にも心にも優しく、悶々とせず今日という日を終えられるというもの。

そんな後悔を胸に秘めた、六月の初週、金曜日。

開店時間前というのもお構いなしに、日常と非日常の境界線たる、重厚な扉をくぐり抜けたのだ。

元美男子の美女に無言で出迎えられ、勝手に定位置へと腰を下ろす。

おしぼりより先に出された一杯目を受け取り、

「おつかれ」

「おう、センキュー」

一気に労いの品を呷った。

ゴクゴクと喉が鳴らしているのは、まさに歓喜の歌。この一週間、こびりついた心身の汚泥が落ちていくような爽快感だ。汚れが落ちたのなら、次は洗い流さなければならない。グラスから口を離すのを皮切りに、溜めに溜めてきた愚痴、ああでもない、こうでもない、なんてくだらない話を矢継早に吐き出すのであった。

というわけではない。

かつては野口を生贄に捧げ続けてきた金曜日だが、今や尊き犠牲は必要としない。顔を出す目的の習慣が、今や違う形に変わったのだ。

「あれからもう、一ヶ月なのね」

グラスから口を離すのを見届けたガミは、ポツリと漏らした。まるで流れた時間を懐かしみ、情感が溢れてしまったかのように。

「早いもんだな」

自分もまた、ガミと同じ感慨に耽《ふけ》った。

一ヶ月前。新たな非日常の扉を開く一報。

『センパイ、オフ会しましょう』

一閃十界のレナファルトからのオフ会のお誘い。

ネトゲで知り合った、五年の付き合いがあるコーハイ。名前も顔も年齢も、そして性別すらもわからなかった友人。

その正体は、なんと巨乳JK美少女であった。

自宅警備員として雇ってほしいと、飛行機の距離から家出してきたレナ。人生詰んでいるから現実逃避がしたいと、戦場を駆け抜ける覚悟をしてやってきたのだ。

そんなリスク《レナ》を受け入れたあの日から、もう一ヶ月。

「タマ、あの子を帰すタイミング、完全に見失っているでしょう?」

「見失ってなんてないぞ。端からなにも考えてないだけだ」

一閃十界のレナファルトは、未だホラーハウスの屋根の下だ。

そう、一ヶ月。一ヶ月もの間、レナは家族と音信不通。ただの家出娘は今や、行方不明者へとクラスチェンジを果たしていた。俺は現在進行系で未成年者略取・誘拐を犯しているのだ。

マジでシャレになっていない。

レナいわく、ネットで検索をかけても自分の名前は出てこないようだ。

家出が未だにバレていない。流石にそんなことはないはずだが、行方不明者届けを出すことはないだろうとレナは読んでいた。

どうやらレナの父親は、会社を興し一代で成り上がった社長のようだ。上昇志向は高く、将来的には政界への進出も狙っているらしい。

なにより大事にしているのは世間体。だから娘が家出をして行方不明者になりました、なんて醜聞、世間へと晒せるわけがないとのこと。

もしそれが本当なら、ろくでもないことこの上ない。

「ほんと、公になったときが見ものね」

「なにをだ？」

「親が届けを出すことはまずないと言ったのでしょ？　ならそれは、娘の失踪を放置しているのと同じ。公になったとき、どう世間へ弁明するのかしらね」

「それは俺も思った」

放置したのではなく知らなかった。それで通ったとしても、今度は知らなかった事実を世間は責め立てるだろう。失踪している期間が開けば開くほどバッシングは大きくなる。

年頃の子供の家出に気づかなかったとは何事か、と。

「でもどうやら、レナは父親の打つ手がわかってるようだ」

「どんな手を打つのかしら？」

「シングルファーザーとレナのコミュ障っぷりを、まずは前面に押し出すらしい。そして長女がいかにできた娘であるかを誇りながら、そんな姉の側にいたいと向かったのだから安心していた。男親では足りないところを、長女に任せっきりで甘えていたってな。せめて娘たちが不自由しないよう、仕事人間であった不甲斐なさを反省しながら、娘たちとの時間をもっと大切にするべきだった、と泣いた姿すら演じるだろう、ってさ」

「……また、凄い話ね」

「一応、形は整ってるからな。後はいざ場に立ったとき、どう乗り切るかだ」

「そっちもそうだけど、あの子のことよ」

「レナのこと？」

「まだ十五歳の子供が、父親はそんな手段を取るって言い切ったのでしょう？　相当なことよ、これ」

「ああ、そうだな……」

そういう親なんすよ、とレナは最後に締めくくった。爆速タイプで迷うことも考え込むこともなく、まるで未来の台本を読んできたかのように。

レナにとっての父親への想い、関係性がそこに全て詰まっているのだろう。

「そんな可哀想な子供の未来を食い物にしているなんて。まさにタマは、模範的なろくでもない大人ね」

ガミはおかしそうに罵ってくる。

食い物と表現されたのは、レナの家出をただ受け入れているからではない。その恩恵を存分に得ているからだ。

「ほんと、目に見えて変わったわよ、あなた」

「そんなにか？」

「ええ。今のタマはキリッとしているわ」

男前でもなく、イケメンになったでもなく、キリッとしている。それがどういう意味を指しているかわからぬわけがない。その辺りの変化は実感している。

「まさに一家に一人、自宅警備員」

たかが一ヶ月。されど一ヶ月。

「正直、もうあいつなしの生活には戻れんな」

「そこまでなの？」

「なにせ家事の全てから解放された、上げ膳据え膳の日々。どんどんダメ人間に落ちていく感覚がたまらんな」
週に一度の掃除と洗濯。後は帰ってきたら飯が炊けており、洗い物さえやってくれれば
それでいい。レナへの期待は、そんな軽い気持ちであった。
ただし現実は違った。教えたレシピ以上の料理が当たり前のように出てくれれば、気づけ
ばアルミサッシのレールまで綺麗になっている。ワイシャツのアイロンがけどころか、ス
ーツのブラッシングまでされていた。
座敷わらしやブラウニーなんて下等種族どころではない。
『そこはご指導ご鞭撻お願いっすね。神童なんでゼロが一にさえなれば、後は戦いの中で
成長していく系っすから。そのままメイド王に俺はなる！』
前言を違えることなく、レナは順調にメイド王の道へと突き進んでいた。
キリッとしているというのは、まさにその恩恵。私生活の向上、生活習慣の改善が、顔
つきや顔色にまで表れているということだ。
「満足に家事もしてこなかった引きこもりが、たった一ヶ月で一人の大人をダメ人間にす
るなんて。凄い成長ぶりね」
「それな」
生きていく上で必要な知識はネットで手に入る。それを地で行き高みへと上り続けるレ

ナは、まさに神童そのもの。あれは決してほら話ではなかった。むしろ表現が控えめなくらいだ。

「飯の支度や洗濯掃除だけじゃない。俺が日常にかけている手間を、どんどん見つけては省いてくる。なにせ風呂から上がれば、タオパンパまで用意されているくらいだ」

「タオパンパ？」

「タオル、パンツ、パジャマのことだ」

そしてただ風呂上がりの三点セットを指しているのではない。こういうものを当たり前に用意されている環境。身の回りの世話を母親にしてもらってきた、自立していないダメ男を指すネットスラングである。

レナはタオパンパでも生み出したいのか。気が利きすぎているほどに、俺の身の回りの世話を焼いてくれているのだ。

「これだけのことに次から次へと手を出せば、普通パンクしてどこかでヘマをするもんだが」

「それがないんでしょう？」

「できると思ったからやってみた。そしたら当然のようにできた。あいつにとってそれだけの話だ」

しかもとうの本人は義務感ではなく、

『たったこれだけやるだけで、後は好きにしていいとか神環境すぎ！　やっぱり現実はクソっすね。一生ホラーハウスに引きこもってたいっすわ』

こんなことを言いながら楽しそうにやっているのだ。

ホラーハウスへの適応力も高く、もう恐れ慄きすらしていない。敬意と感謝を示すように、祭壇は毎日掃除され、日々作る食事が供えられている。それはそのまま次の日のレナの昼飯になるようだ。いわく、自分のための飯の支度は面倒とのこと。

「もったいないわね。それだけ恵まれた能力があれば、いくらでも大成したでしょうに。コミュニケーション能力の欠如一つで、人間、こうまでも落ちぶれるのね」

「落ちぶれるとはまた、辛辣だな」

「だって事実じゃない。こんなろくでもない大人に、いいように使われているんだもの。これを落ちぶれると言わずに、なんと言えばいいのかしら？」

「なに、人の幸せはそれぞれだ。とうの本人も生き生きとしているんだ。『今、人生でもっとも楽しいっす』ってな」

「先のことも考えないで、好きなことだけをしているんだもの。そんなの誰だって楽しいに決まってるわ」

咎めるでもなく、憤るでもなく、ガミの口は当たり前を告げる。

「そうやって楽しいことだけをやってきたツケは、必ず未来で払うことになるわ。でも、子供にはそれが漠然としすぎていてわからない。だからそうならないよう大人が道を示して、導かなければならないいんじゃない」

「あー、痛ぇ、痛ぇ。中耳炎になりそうだわ」

「模範的な大人、社会のレールの観点から、物事を語っているだけよ。それを突きつけられて痛いと感じてるのは、良心の呵責じゃないの」

「つまり俺に、模範的な大人としての心が残っている証明だな」

「本当に痛いと感じているならね」

ガミは鼻で笑った。こんなことで痛みを感じているとは、露ほども考えていないのだ。

「タマ、あの子の将来はどう考えてるの？」

「バーカ！　自分の将来もろくに考えてねーろくでなしが、人の将来のことなんて考えてるわけねーだろ」

ほらやっぱり、とガミは噴き出した。

「子供の将来を考えて動く。そんな素晴らしい大人がいたら、今頃あいつは観念して、河原で石でも積んでるよ」

正しい大人の対応は、レナにとって絶望でしかない。それを求められるのが嫌で、俺のもとまで逃げ出してきたのだ。

人が皆等しく持つ、最後の最後の逃げ道、その一歩手前。間違っている道へ逃げ込んできたのだ。

「だから、ま、河原に行くよりはマシだろ。それが俺の考えだ」

◆

「カーがあったぞ。いるか？」

「あ、欲しいです」

「ピン立てといた。８スコと一緒に転がしとくぞ」

「やった」

小さくも滑らかに紡がれる、喜色を孕んだ声音。

この家に引っ越してきてから五年。家族や同居人もいなければ、友人一人招いたことはない。

ネットなどを見て笑うことはあれ、テレビを見ながらぶつくさ文句を吐き出す悪癖はない。独り言をお漏らししやすい性格でもないので、この家に自らの声を響かせるというのは、あまりない風景だった。

それが今や、家で発声器官を使う機会が日常となった。

ただ独り言のように呟くのではなく、会話というコミュニケーションによって。

レナが来てから、この家での営みがすっかり様変わりしたのだ。

自称、対人恐怖吃音症のレナ。

吃りに吃ったレナの吃りっぷりは、それはもう酷いものだ。でもこれは肉体に起因する病気でもなければ、精神障害の類でもない。長年の引きこもりによる弊害で、声帯が衰えたのが一番の原因だった。吃った自分の声が嫌いという問題も、それに拍車をかけ悪循環に陥っていた。

現実での自分に自信がないからこそ、結果として大人しい性格にならざるをえなかった。きっとレナの家族は、消極的で大人しい性格と誤解しているだろう。

俺はレナの性格はよく知っている。自己主張が激しい、人の不幸を笑いものにできる過激さを。俺の悪影響を存分に受け継いで育ってしまったのだ。

一言、二言の返事からでいい。後はいつも通りのレナとして、コミュニケーションを取れればと、使っていないスマホを貸与した。

吃りながらもレナは頑張って、返事を声にしてくれた。コンプレックスに悩まされながらも、必死になってやっている。

声を出すのは苦痛でしかないだろうが、でも使っていかなければ治らない。

レナが少しでも早く克服できるよう、積極的に声を使わせる手段を閃いた。

それが今やっているゲームである。

百人のプレイヤーがフィールド内で、装備を拾いながら勝ち抜くゲームだ。

ＭＭＯＲＰＧとは違い、一瞬の判断の遅れが命取り。チャットでダラダラとやり取りしている暇などない。協力プレイに励むのであれば、会話による意思疎通を取れるか取れないかが、大きく勝敗を分ける。

レナとは家出前から、二人でよく協力プレイを楽しんできた。

そして残りちょっとのところで負けるとレナは、

『ざっけんなあの芋スナマジくたばれ！　やってられっかこのクソゲー！！！！！！』

マジギレしながら発狂するのだ。

たかだかゲームくらいで、と侮るなかれ。俺ですらも二度とやるかこのクソゲーとなるくらいだ。そして負けたままでは悔しいので、すぐに次のマッチに移行する。

それもこれも、勝ったときの多幸感。麻薬のような中毒性が、このゲームには秘められ

ULTRA

ている。

かつてはボイスチャットをせずプレイしてきたが、今は同じ屋根の下。折りたたみ机を広げ、俺の部屋で興じている。声による意思疎通を俺だけでも図ると、それだけで勝率が上がった。

そうなると、レナが声を出せば勝てたのに、という場面が多々出てくる。本人もその自覚はあるらしく、もどかしそうにしながら悔しがる。ついには机を叩いたときはマジでビビった。

いつしかレナは返事ではない一言二言を、声によって伝えてくるようになった。ゲームに集中し勝利をなによりも優先しているのか、自分の声など気にしない。

「百二十方向から、バギーがくるぞ」

「……よし、頭抜きました」

「おいおい、走ってるところよく抜けたな」

「ふふっ、確キルです」

その結果がこれ。物騒な会話でも平然と飛び交うようになったのだ。この家の営みの中で、レナが一番生き生きとしている瞬間である。

試合も大詰め。俺たち含めて生き残っているのは三人。

敵は一人。ここで負けたらレナが発狂すること間違いなし。

「見えた。今撃ち込んだ木の裏だ」

「グレありますか?」

「ない。そっちは?」

「ないです。……頭出したら抜くので、お願いします」

「オケ、任せろ」

死ぬ覚悟で突っ込め。レナの指示はそういうことである。

「行くぞ。三、二、一」

手に汗握る瞬間。

自分の腕では突っ込んだところで撃ち勝てない。だから抜くというレナを信じた。

物陰から飛び出す。

身体全てを晒しているので、当然ただの的である。アサルトライフルで蜂の巣となった。

その代わりのようにして、敵の頭はスナイパーライフルで撃ち抜かれた。

「よし!」

勝利の喜びが部屋中に響いた。

俺ではない。

椅子を回転させ後ろを向くと、レナは両手でガッツポーズを決めていた。豊かな母性を張りながら、達成感を満面に浮かべている。笑顔というよりは、その比重はドヤ顔に傾いていた。

俺の視線に気づいたレナは、喜びを身体一杯に表現した自分に、照れくさそうに頬を染めた。

これで負けていたら、振りかざされた両の手は勢いよく机を襲っただろう。そうなることはなくその手は自前のヘッドホンへと伸び、そのまま首にかけた。

そんなレナがおかしくて、勝利の美酒、その肴としながらタンブラーを呷った。

「最後は見事に抜いたな」

「せ、センパイの、おかげ、です」

滑らかなまでの舌はどこへやら。はにかみながらも緩んだその口からは、吃った謙遜が漏れ出した。

一閃十界のレナファルトの手が動いたなら、雑魚だのなんだの、得意げに敵への罵詈雑言を並べるだろうに。口と手は別人格のままだ。

それでもレナの口は、この一ヶ月で成長はしている。

「あ……お、おかわり、いります、か？」

はい、いいえ以外の一言二言を、積極的に発信している。

「おう、頼む」

ヘッドホンを机へ置いたレナに、タンブラーを差し出した。

ほどなくしてレナはおかわりを持ってくる。中身はお茶でもジュースでもない。ウイスキーを炭酸で割る、ハイボールである。

つまり女子高生に酒を作らせているのだ。中身が空になると目ざとく気づくその様は、まさにそういうお店のよう。ＳＮＳで某権利や地位向上を掲げる人たち大激怒案件だ。まあその前に、俺が起こしているのは警察案件なのだが。

「レナ、気づいてるか？」

「な、なにを、ですか？」

勝利の余韻か。俺がもたらした疑問は悪いものではないと、感じ取っているのだろう。

吃りながらもレナの声音からは機嫌の良さが窺える。

「おまえ、ゲームに集中してるときは、吃ってないぞ」

「……え」

呆気にとられたように、レナはポカンと口を開いた。ありえないはずの現実を差し出され、目から鱗が落ちたようにしている。

正直、これを指摘するのは迷った。ゲーム中だけとはいえ滑らかに喋るのだ。会話するという肉体機能の面において、間違いなくいい影響を与えている。

指摘したことで、かえって意識してしまい、いつものレナに逆戻り。

「あれだけ饒舌なら、後はもう気持ちの問題だ」

そんな懸念もあったのだが、一つの自信に繋がるのでは、という見込みもあった。

「前にも言ったが、その手が普段、どれだけのことをほざいているか思い出せ。あれの十分の一でもいいから、勢いに任せて口にしてみろ。そしたらゲーム中みたいに、吃らず喋れるようになるぞ」

思いつきを断言する。無責任であろうが、レナにはきっとこのくらいが丁度いい。

いつもより強引に、無礼なその手を引いてみることにした。

レナはそっと自身の唇に触れる。

いつの間にこの口に、新たな機能が実装されていたのか。そんな驚嘆に浸るかのようだ。

唇から手を離したレナは、口端を小さく上げると、

「はい。これからそうやって、頑張ります」

「よし、いい返事だ。その調子でいけ」

意識しながら初めて、吃ることなく意思を示したのだ。

レナは一歩、コンプレックスを解消する道を踏み出した。この調子で頑張れば、すぐ完全に解消されるだろう。

人間形成に大事なのは、生まれ持っての才能以上に、与えられる環境だ。当たり前のことを当たり前にできる。頑張るをまっとうできるかどうか、その環境一つで人間というものは大きく変わる。

子供にそんな環境を与えてあげられるのは、いつだって親と社会。子供自身に勝ち取れなんていうのは、無責任な戯言である。

子供を正しく導いてやりたい。

そんな素晴らしい大人の精神など持ち合わせていない。

ただレナが成長したいというのなら、世話を焼いてやりたいという気分になっただけ。それが自分の利にも繋がるのだ。デメリットなどなにもない。

「まずは頭を空っぽにすることから始めてみるんだな」

頭が空っぽな大人らしい、ろくでもない方法の提案。

レナはキーボードを爆速タイプすると、スマホの通知音が鳴った。

『勢いに任せてはともかく、頭空っぽはちょっと難しいっすね』

頑張ると言った先から、口ではなく手を動かした。

『自分、神童なんで。頭空っぽは……センパイみたいに簡単にはちょっと』

レナファルトとして俺を煽るためである。

ジロリと睨むが、正面から受け止めたその顔は怯えるどころか、より一層おかしそうにしていた。このくらいでは本気で怒らない。それをわかっているからだ。

これこそが寄せられている信頼であり、今日まで積み上げてきたものだ。

しょうがない奴め、と次の提案を浮かべる。

「大丈夫だ。頭を空っぽにする、簡単な方法がある」

『どんな方法っすか？』

「酒だ。これさえあれば、簡単に空っぽになる」

『子供にお酒を勧めるとか……』

呆れたようなそのメッセージ。

『確かに今のセンパイは……なるほどの説得力っす』

しかし込められているのは、隙あらば俺を煽りたいという一心である。

「それこそ適量注げば、次の日なにも覚えてないくらい空っぽになれるぞ」

『そこまで自分に飲まして、一体なにを考えてるんすか』

「朝チュン」

『きゃー、犯されるー！』

レナはくすりと笑った。投げたパスに俺が応えたので、ご満悦のようだ。

「ま、それはそれとして、試してみたいなら構わんぞ」

『センパイ、未成年者飲酒禁止法ってご存知っすか？』

「そんな法律、未成年者略取誘拐罪の前では雑魚にすぎん」

レナは口に両手を当てる勢いで噴き出した。

「子供が新たな挑戦をしたいと言うなら、その背中を押して応援してやる。俺は子供にとって、そんなカッコイイ大人になりたかったんだ」

『流石センパイマジリスペクトっす。ものは言いようすぎてほんと笑う』

さっきからレナの頬は緩みっぱなしだ。

俺がレナを酔わせて戦場に連れ出す。そんなつもりでないことは信用されている。

『気遣いセンキュー。折角っすけど、止めとくっす』

だからこれは、裏表のないレナによる本音。

『なにかあったとき、病院の世話にはなれないっすから』

そんなことも忘れていたという、文字通り俺の頭が空になっていただけの話だ。

「それもそうだな」

◆

六月も半ばをすぎ、もう下旬。

レナを雇用してから早いもので、来週には二ヶ月が経とうとしている。

社会的に悪いことをしている自覚はある。もしこのことが表沙汰になれば、今日までこの社会で築いてきたものは崩れ落ち、臭い飯を食うはめになる。レナにどんな事情があれ、そんな末路をたどることくらいは承知していた。

今のところ、そんな末路をたどる兆候はなさそうだ。

だからこうして今日も、残業もなく平和に終わり、底辺の身分を維持できている。

職場は大都会の高層ビルにオフィスを構えている。日中、ビル内はスーツ姿の社会人が、ゴミのように溢れており、出勤、昼休憩、退勤はどこも似たような時間のせいで、エレベーターが満員で見送るなどザラにある。

頭キラキラハッピーライフな田舎者は、そんな不便な日常風景にすら憧れを抱くかもしれない。スーツ姿の社会人ひしめくオフィスビルに、いつか自分も仲間入りしたいと夢を見るのだ。

夢見がちなそんな田舎者共に、元田舎者が現実を告げよう。君らは簡単に俺たちの仲間入りができる、と。

綺麗なオフィスビルにスーツ姿の社会人。その組み合わせは一見、綺麗な形に見えるだろう。きっと素敵な中身が詰まっているのだと……誤解しているのだ。

蓋を開ければ死んだ目をしたデブや、化粧がケバいいかにもきつそうなザ・お局。エレベーターに乗り込めば、ハゲ散らかしたオッサンと汚いプリン頭が風俗の話で盛り上がり、姦《かしま》しい三十路共が身の程知らずの結婚願望を語り散らかしている。

魑魅魍魎の類の社会人ひしめく光景は、まさに百鬼夜行。このビルはまさに現代のお化け屋敷といっても過言ではない。

お化け社会人が勤められる職場などたかが知れている。やりがいやアットホームを掲げている求人を見つければ、誰でも簡単にお化け屋敷に勤められる。

お化け屋敷の三階以下のテナントには、コンビニや飲食店などが入っているので、活用する機会も多い。

今日もコンビニで、ＳＮＳのリツイートキャンペーンで当たったフライドチキンを引き換えて、なにも買わずに厚かましく利用していた。

ビルの三階から出た先の歩行者デッキは、駅にそのまま直結している。

チキンに齧《かじ》りつき胃へと収めた直後、

「田町」

計ったかのように意図せぬ声がかけられた。

振り返り目に飛び込んできたのは、ごま塩頭の黒縁メガネの中年男性。生地がしっかりとした背広をまとった、どうあがいても面白みを見出すのが難しい人物である。そして名前もまたしかりであることを、よく知っていた。

「あ、佐々木《ささき》さん。お疲れっす」

なにせ自分の上司なのだから。

プログラマーという仕事柄と所属部署の関係から、外部の人間と接する機会はほとんどない。黙って仕様書通り形にしろ。会社が俺たちに求めるのは、それだけである。

だからオタクや陰キャ、チー牛が絶えないこの職場は、身なりや清潔感は二の次三の次。そんな奴らには身の回りの世話を焼いてくれる恋人どころか、自分をよく見せようという女友達もいないので、その辺りはすっかり疎かとなり、職場は常にジメッとしているのだ。

対して佐々木さんは、外の人とやり取りする機会が多いので、身なりと清潔感は年相応に求められる。だから独身にも関わらず、その辺りはしっかりしているのだ。

「こんな時間に上がりっすっか？　珍しいっすね」

そんな上司は人を管理する立場でもあるからなにかと忙しい。

残業をしていない日など、果たしてあるのだろうか。珍しいとは口にしたが、これが本当なら佐々木さんの定時上がりを見るのは初めてかもしれない。

「なに、これから真っ直ぐ、味噌カツを食いにな」

「うえっ、これからっすか……」

やはり佐々木さんに、そんな甘いことはなかった。

この手の言い方のときは、会社への皮肉たっぷりのシャレである。その地域の名物を食わなければやってられないという、出張へ行くときの常套句だ。

どうやら今回の出張先は、名古屋なのだろう。

「ここのところ、おまえはずっと平和のようで羨ましい」

これから出張へ行く自分と比べて、ではない。納期に追われていないとはいえ、皆が残業に勤しむ中、俺一人毎日のように「それじゃ、お先に」と定時上がりのことを指しているのだ。

どこにでもある上司の嫌味。

「おかげさまで、平和にやらせてもらってますよ」

ではない。ただの軽口なことくらいわかっているので、そのまま投げ返した。

佐々木さんの軽く吊られた口端には不快感はない。

「割り振られた分を片付けて、今は手伝いに回ってるらしいな。どんな心境の変化だ？」

「やってるふりして画面とにらめっこしていても暇っすからね。ついでに恩でも売っとこうかな、って考えただけっすよ」

「急な能力の向上。その秘訣があるなら、是非教えてもらいたいな」

「いいっすけど、佐々木さんには教えるだけ無駄っすね」

「勿体ぶるな。なんなんだ？」

「肝臓を大事にすることっすよ」

苦いものを口にしたように眉根を寄せるアル中予備軍。そのしかめっ面にけらけらと笑った。

実際酒の量は減っているのだから嘘はついていない。だらだらと寝る寸前まで飲む悪癖がなくなったのだ。レナにみっともない姿を見られるのは気が引けて、就寝二時間前には飲まなくなっていた。なによりも酔った勢いで目覚めたら朝チュンを避けなくてはいけない。

だが仕事に集中し、パフォーマンスが上がった一番の本質は、家事からの脱却と張り合いのある私生活だ。これを告げると女でもできたかと言われそうなので、肝臓を大事にしているとはぐらかしたのだ。

「片桐《かたぎり》も困惑しているぞ。あの田町に一体なにがあったんだってな」

片桐とはチームのリーダー。チー牛顔の先輩社員である。

「褒めてしかやれないのが悔やまれるた」

「悔やむくらいなら、給料上げてくださいよ」

「なんだ。上げていいのか？」

冗談めかして言うと、佐々木さんの口端はニヤリと上がった。

「わかった。なら今までの分を含めて、正当な評価をしてやる」

「……いえ、これまで通りで十分です」

やぶ蛇だったと冗談をすぐに引っ込めた。

この会社に入ってから、一度も昇給けされていない。それもこれも佐々木さんのさじ加減。仕事ぶりがよければ給料が上がるという、見合った評価がされていないのだ。

なにも知らない者が見れば、佐々木さんをろくでもない上司と言うだろう。だけど俺にとっては最高の上司なのだ。

なにせ評価されてしまえば、相応の仕事を求められ責任も増えていく。

俺が死ぬほど嫌いなものは責任だ。次に嫌いなものは残業だ。

この業界に足を踏み入れ八年目。

この会社に転職してから六年目。

それが業界未経験転職組に、毛が生えた程度の給料なのだ。まさに底辺である。

ただし甘んじているのではなく、進んで留まっているだけ。ぬるま湯のような今の生活が気に入っているので、これ以上仕事で頑張りたくないのだ。

「本当にいいのか、このままで」

佐々木さんは急に生真面目な声を上げた。

「その気があれば、新しいことを色々とやらせてやるし、ケツもちゃんと持ってやるぞ」

「そんな気概があれば、とっくに転職してますよ。同じ新しいことをやるなら、そっちのほうがよっぽど給料が上がりますからね」

「まあ、それもそうなんだが」

「それをしないのは、上司に恵まれてるおかげ。それと同じくらい、俺がやればできる人間だからっすよ」

困った奴だと言うように、佐々木さんは鼻を鳴らした。

上司に恵まれた、ということに照れたのではない。俺の掲げるやればできる人間論に呆れているのだ。自画自賛ではない自嘲だということを知っている証である。

「まずは三十まで生きてみる。それが人生の目標なんでね」

「その先のことはどうするんだ」

「なんも考えてないっすよ。そんときにまた考えます」

「今のままなら、俺くらいの歳になったときは厳しいぞ」

「無能に堕ちたときは、そんときはそんとき。この業界でやってけなくなったら……」

ここでパッと出てこない辺り、やっぱり俺はなにも考えていない。

なにせやりたいことがなにもない。

明るい未来なんて展望も抱いていない。

正直、社会の言う幸せなんて求めてもいない。

死にたいなんて思っていないが、苦しんでまで生きていたいわけでもない。

生きているだけで素晴らしい、なんて戯言がある。他人がそれを謳っている分には構わないが、押し付けようとする奴には反吐が出る。

皆一緒に頑張るぞい、という風潮が死ぬほど嫌いだからだ。

「そっすね」

だからこそ思いついたのだ。

やりたいことを。

「人でなしの知り合いを頼って、新しいことにでも挑戦しますかね」

◆

ジメジメとした梅雨の季節は、それはもう不快なものである。

上京するまで湿度というものが、ここまで暮らしに影響を及ぼすとは知らなかった。なにせ北海道クソ田舎生まれ。夏は扇風機一つで平然と乗り切れる、熱帯夜とは無縁であり、梅雨という概念がなかったのだ。かといって年中過ごしやすいわけではない。積雪地帯であるので、差し引きはゼロどころかマイナスだ。

年々、夏は暑いというより熱くなっていく一途をたどっている。かつては三十五度を超えようものなら、異常気象だと大騒ぎ。しかし今や、三十五度超えなど連日の日常風景である。

東京の外へ目を向ければ、日本一暑い町決定戦。四十度超えを嘆くどころか、誇りすらも感じてしまっている。ついには地域気象観測システムの設置場所を巡り、ずるいずるいと叫び出す輩が出る始末。地域気象観測システムの移設後も暑さを証明し、汚名を返上できるか。そんな記事が飛び交う不毛な争いは、暑さで頭がやられているとしか思えない。

地獄絵図とはこのことだ。

今年もそんな暑い夏がやってくる。

ここから右肩上がりに暑くなっていくのかと、今からげんなりしている七月の始まり。

「あっじぃ……」

最高気温三十六度という頭のおかしい夏が、一気に押し寄せてきたのだ。

昨日との気温差は、実に十度。なまじ昨晩雨が降ったせいか湿度が高く、よりいっそう不快感を高めている。

定時上がりの夕方だが、三十六度を叩き出した名残の外気に触れたことで、体中から汗が噴き出した。日中はエアコンの効いた室内で優雅にやっていただけに、そのギャップに辟易した。

こんな暑い日は、キンキンに冷えたビールに限る。

ガミの店で一杯グイッと胃に流し込むと、「ごちそうさん」とだけ言い残し、二分もかからず後にした。遠慮なくたかるを体現しており、そんな日々が最低三ヶ月は続くだろうと予想した。

一度は冷えた胃腸器官。道中火照っていくのを感じながら、ようやく我が家へとたどり着いた。

今日の飯はなんだろう。

そんな楽しみを抱えながら、灼熱地獄の玄関を抜け、リビングにこの身を滑り込ませる。

「うっ……！」

なんだこれ、とつい顔をしかめる。

冷気を期待して飛び込んだリビングは、玄関と変わらず日中の熱気が閉じ込められていた。

「……おかえりなさい」

キッチンより顔を覗かせたレナ。いつもと変わらぬパーカーとハーフパンツ姿だ。

紅潮したその顔は、羞恥でもなんでもない。額からは目に見えるほどの汗を滲ませた、暑さにのぼせたそれである。

雇用主の帰還。それをねぎらうための微笑は、どこかぐったりしていた。

「おいおい」

祭壇に置かれたリモコンを手に取るとエアコンをつける。ボタンを連打して、二十八度で設定されていた冷房を限界まで下げた。

「なんでエアコンつけてないんだ」

「あ、ごめんなさい」

レナは申し訳なさそうにする。

「帰ってくるのに合わせて、つけておくべきでしたね」

「いや、そういう意味じゃねーよ」

「え……？」

「そんな汗だくになってまで、なんでエアコンつけなかった」

レナは日中、窓を開けることはまずない。風通しゼロの屋内は、まさに蒸し風呂状態。日中の最高気温を上回る暑さだったろう。

そんな環境下で冷房をつけないとか、我慢大会でもしているのかと小一時間問い詰めたい。

「あの、その……」

レナは胸元に置いた拳を、もう片方の手で包み込んだ。

「電気代、が――あふっ！」

エアコンをつけなかった理由を聞かされ、思わずこの手がレナの顔面へと伸びた。お見舞いしたのは拳でもなければ平手でもない。デコピンである。それも顔面も鷲掴みにしてからの、空いた手で中指を弓なりに引いた一撃だ。

バチン、と半濁音ではない鈍い音。

「バカか。そのくらいの電気代をケチって、倒れたらどうする」

痛そうに額を押さえるレナに、強い言葉をぶつける。怒声を撒き散らすことはしていないが、十分な怒気を含ませた。

「帰ってきたら、熱中症の仏様とご対面なんてごめんだぞ」

「あ、ぅ……」

「そもそもこういったときのために、札束を差し出してきたんだろうが」

自分の生活費はここから引いてほしいと、レナは約百人の諭吉を引き渡してきたのだ。初めて目にする札束に驚きながら、こんな金額をポンと引き出せるレナと、それを与えた父親の関係性に眉をひそめた。

諭吉を突き返すのが正しい大人のあり方であろうが、俺はろくでもない大人である。これで遠慮せずレナが生活を送れるなら、黙って預かることにした。

だというのに、なにが電気代だ。

「病院に頼れないと言ったのはおまえだろ?」

「ごめんな……さい」

自分のしたことに……いや、しなかったことがどれだけの危険なことだったか。それを思い知ったレナは、絞り出すようにして湿った声を漏らした。

レナに悪気がないのはわかる。こんな我慢大会みたいな環境を、喜んで享受したかったわけではない。冷房をつけたかったはずなのに、家計を気遣って我慢していたのだ。

でもその浅慮な気遣いは、この生活を続けたいならば無用の産物。そのために札束を預かっているのだ。

「体調管理も仕事のうちだ。二度と不毛な我慢大会なんてするなよ」

「はい……ごめんなさい」

言い含めるような叱責に、またもう一度、レナは謝罪の言葉を吐き出した。

この家に来てから初めて本気で怒られた。理不尽でもなんでもない、自らのいたらなさが招いたもの。

怒られたことと自らの失敗。

それを正しく受け止めながら、レナは今にも泣き出しそうな顔をしている。

俺も必要以上に責め立てたいわけではない。

「ほら、とっととシャワーを浴びてこい」

ま、これくらいでいいだろう。

すっかり勢いを失った声を出しながら、ポンとレナの頭に手を置いた。もう怒っていないという合図である。

「あの、センパイがお先に……」

ちょっと涙を含んだ上目遣い。

これだけ言ったのに、俺より先に入るわけにはいかないと遠慮している。

しょうがない奴め。

優しい太陽に遠慮するなら、北風のように厳しくいこう。

「ほんと、汗だくだな」

汗ですっかり湿った髪。

「そりゃあ汗の匂いも凄いわけだ」

「ふぇ!?」

不意を突くような指摘に、レナは慌てふためいた。

よっぽど酷くない限り、自分の体臭は気づきにくい。これだけ汗だくになっておきながら、そのことに思いいたらなかったようだ。

より一層頬に赤みが増したのは、暑さのせいではないだろう。

「そ、そ、そ……そんなに、に、臭い、ますか?」

羞恥に追い込まれたレナは、最近ご無沙汰となった吃りを再発させた。

「いや、臭くはないぞ」

「あ、よかった……」

「ただ体臭がいつもより濃いというか、なんというか……性的搾取ができる。そんな匂いだ」

「ぁ、あ……」

正直なコメントをすると、レナの顔は今にも火を噴き出しそうになった。掠れたように喉を鳴らしている。

「『センパイの性的欲求を満たしたいんです！』という強い思いがあるなら、いいだろう。性的搾取をしてやるのもやぶさかではない」

「い、今すぐ入ってきます！」

散々辱めを受けたレナは、風呂場へと駆けていく。

いたたまれなさを背負った背中を、ニマニマしながら見送った。

◆

まとわりつくようなベタつきが、流され落ちていくのを肌で感じる。体温より高いはずなのに、その湯はひんやりとして気持ちよかった。

のぼせていた頭が冷めていく。

センパイから受けた説教を思い返し、自らの失敗を反省した。

エアコンの電気代というものが、どれだけかかるかはわからない。ただ扇風機の比ではないとだけ、なんとなく知っていた。

家にいた頃は気にせず、それこそ湯水のように使っていた。

でもこうしてセンパイに養ってもらうようになってから、そういうのを気にするようになったのだ。センパイが頑張って稼いできたお金を、散財するような真似は許されない。そんな思いが強くあったから、エアコンという贅沢品を使うのを躊躇ったのだ。こんなときのためにお金を託していたのも忘れ、結局かけたのは心配だけだった。果てには仕事から帰ってきた雇用主より先に、こうして汗を流している。

センパイに気を使わせてしまった。

汗の臭いに性的欲求などと言っているが、からかう気持ちはあっても、辱めるためのものではないのはわかっている。

神童たるわたしがこんな失敗をしてしまうとは。東京の夏の暑さを舐めた報いだろう。すっかり頭が茹だって、冷静な判断ができなくなっていた。

念には念を入れ、頭と身体を二回ずつ洗って、最後は日中に火照りきった身体を冷ますように、頭から水を被った。

そうやって身体を清め終え、脱衣所へ出ると、

「あ……」

やっぱり頭が茹だっていたのだと思い知った。

着替えとバスタオルの用意を忘れたのだ。

その上、着ていた衣類は汗の臭いを気にして洗濯機を回してしまった。

やってしまった……

センパイを呼んでバスタオルを持ってきてもらおう。なんて選択肢はない。センパイのことだ。もし頼もうものなら、今回の失敗を引き合いに出しながら、からかい煽ってくるに決まっている。

裸を隠せそうなものはないが、身体を拭えそうなものはあった。

洗面台のハンドタオルで、水滴が滴り落ちない程度で拭うと、脱衣所から廊下に顔だけを覗かせた。

センパイはいない。リビングはエアコンがついているので、灼熱地獄の廊下にわざわざいる理由もなかった。

今度はリビングを窺おうとしたが、その方針にかぶりを振った。裸で堂々と部屋へと駆

け抜けられるほどの鋼メンタルはない。突入前に装備が必要だ。ハンドタオルを胸元に抱え、一気に二階へと駆け上がった。今日干した洗濯物を求めたのだ。

ふすまを開き、洗濯物用のハンガーラックに目を向ける。

「ぅ……」

数時間前の自分を恨むように、情けない音を鳴らす。

こういうときに限って、わたしの衣類やバスタオルなど、早期回収していたのだ。あるのはセンパイのワイシャツと下着類だけ。

「うぅぅ……う、うう……」

悩みに、逡巡し、背に腹は代えられない。全裸よりはマシだと、ワイシャツに手を伸ばした。下着の装備も欲しいところであったが、流石に乙女の煩悶が勝ったのだ。

行きの勢いとは真逆に、帰りはそろりそろり。階段を下りた先で、リビングへ繋がる扉。その曇りガラスに人影がないのを確認する。なにもないのを確認すると、今度は扉の前へとささっと移る。

ゆっくりと扉を開け、リビングの様子を窺った。

誰もいない。存在感を高らかにしているのは、祭壇のみである。

センパイは部屋で、わたしがシャワーから上がるのを待っているのだろう。

自らの中でセンパイの動向を固め、駆け抜けようと意思を奮わせた。

ガチャリ。

そんな音が上がったのは、この手にしている扉でもなく、リビングからでもない。背後からだ。

続けて水が流れる音と共に、

「あっ……」

トイレから出てきたセンパイが音を漏らしたのだ。

メドゥーサと遭遇したかのように身体が硬直した。美術館の彫像にでもなったかのように微動だにせず、観者は顔を背けることなく、マジマジと鑑賞していた。

「まあ、なんだ」

展示物を鑑賞した観者は、

「センキュー」

いつものようにお礼をしてきた。

自宅警備員、雇用一日目。あのときより更に激しい感情が、内側から込み上げる。

『くぁwせdrftgyふじこlp』

この後、職務を全て放棄して、自宅警備員の本質をまっとうしたのだった。

◆

昨晩、レナのマウスが故障した。

どうやらそのマウスは半年前に新調したばかりのものらしい。経年劣化が招いたものならあまりにも早すぎる。五百円で投げ売りされていたものなら安かろう悪かろう。千円くらいならまあこんなものか、となるだろう。

ただしレナのマウスはゲーミング仕様。ちょっと背伸びしたな、と購入した自分のマウスの三倍の値段である。劣化による故障なら、まさに欠陥品である。

しかしこのマウスが欠陥品でないのはよくわかっていた。

なにせ故障した理由は、

「ああ、もう……！」

ゲーム中にブチギレたレナが、マウスを乱暴に扱ったのが原因だからだ。

ゲーム中とはいえ、初めこそブチギレた感情を表に出すことがなかったレナは、俺の前で粗暴となる振舞いは控えていた。それが積極的に声を出すようになり、一閃十界のレナファルトとしての本性を表で発揮するようになったのだ。

　これを果たして成長と呼んでいいのか、否か。悩ましいところである。

　長らく眠っていたお古の安物を貸し与えたが、レナの実力が引き出せず、そのもどかしさに不満が溜まるという悪循環。まさに武器の性能が、使用主の実力を引き出せないという展開を迎えた。

　週末はガッツリ、バトルロワイヤルゲームを二人で興じるつもりの中、これである。

　通販のお急ぎ便でポチれば次の日に届くのだが、届く時間までは読めない。お昼すぎなら御の字で、きっと夕方以降になるだろう。それまでの間、安物マウスでやらせるとしたら、レナのフラストレーションが溜まっていくのは火を見るより明らかだ。ならやるなが一番正しいあり方であるが、その選択肢はレナにはないようである。

　猛暑日となることが予想される、そんな八月の始まり。高温で火炙りにされる陽のもとに、この身を曝け出していた。

　最寄り駅より十分ほどの定期券内の副都心。灼熱の太陽が高いところへ昇り切る前に、家電小売チェーン店にオープンダッシュを決め込んだ。レナご要望のマウスを見つけるのに四店舗ほど回り、買ってから電話で聞けばこんな苦労はなかったと肩を落とした。

　昼前だというのに、一歩外へ出れば汗が噴き出す灼熱地獄。これよりもっと暑くなるのがわかっているのだから、早々に帰るのが正しい選択である。

ただ熱せられたこの身体は、腰を落ち着けての水分補給を求めた。

目についた喫茶店へ入ろうとするも、すぐに足を止めた。有名なチェーン店だから値段もたかが知れているだろうと入店したとき、たかだかアイスコーヒー一杯に六百円以上も取られたことを思い出したからだ。

忘れていた危ないとすぐに回れ右をして、そのビルの一階、チェーンのハンバーガー屋に入ったのだ。

かくして外を覗ける窓際席で、ギガアイスコーヒーを飲んでいる経緯である。

丁度今日から始まったキャンペーンらしく、プラス百円で量が三倍だ。勢い任せで頼んだのだが、早々に心中を支配したのは、こんなにいらん、だ。

味もチェーンのハンバーガー屋にしては頑張っている、くらいの味。これなら豆は挽きたてを心情に掲げている、我が家の水出しコーヒーのほうがよっぽど美味いし安い。そんな原価厨の心が騒ぎ出した。

半分ほど飲みもう飽きた。だが残すのも勿体ないと、ダラダラと飲んでいると、

「あれ、タマさん？」

予期せぬ声がかかった。

甲高くもなければしわがれてもいない。女声というより女の子の声。

釣られて振り返ると、意外なものを見つけた女の子の目とこの目が合った。

栗毛をハーフアップに束ねている彼女を見て、第一印象で美人と思うものは少数派だろう。美醜で言えば間違いなく前者であり、世に言う美少女。綺麗とパッと浮かぶのではなく、可愛いこそ彼女に相応しい表現である。

いかにも男好きしそうな、あざとさすら感じる可愛さは、まさに女が嫌いそうな女。

利発で陽気な垢抜けた彼女は、どこに出しても恥ずかしくないＪＤ美少女である。底辺高校を卒業し、底辺社会人として生きている俺とは、まさに天と地の差。どう足掻いてもお近づきになれない存在だ。

「ん、ああ。クルミちゃん」

だから彼女のことを女子大生だと知っており、タマさんだなんて呼ばれるのは、まさに奇跡のような縁があったからだ。

「奇遇ですね。こんなところで会うなんて」

「こんなところって、店員に聞かれたら怒られるんじゃないか？」

「ははっ、そうですね。お隣、いいですか？」

どうぞ、と隣を平手で指し示した。

周囲を見るに、席は満席に近い。トレイに乗っているアイスカフェオレを見るに、うろうろと席を探していたところ、偶然俺を見つけたのだろう。

「こうして店以外で会うなんて、初めてだな」

「正確には初めて会ったとき以来ですね。お店以外で会えるなんて思いませんでした」

高揚した声音と、満面に塗られる喜色を差し出された。俺みたいな底辺社会人には勿体ない笑顔であり、勘違いしてしまいそうになる。

お店という単語が出た通り、これが営業スマイルであることを知っているからだ。クルミちゃんとは彼女の本名ではない、源氏名と呼ばれる類のもの。金銭を介して一夜の春を楽しませるお店の人気ナンバー1であり、俺はそんな彼女のリピーターなのだ。

というわけではない。

彼女はガミの店の常連だ。名字をもじってクルミちゃんと呼ばれている、ガミのお気に入り。ちょっとした縁があり、顔見知りとなったクルミちゃんは「あ、タマさんこんばんは」と店で鉢合わせると、当たり前のように隣に座ってくれる。

クルミちゃんのようなＪＤ美少女と酒を交わすのは、とても喜ばしいイベントである。

それこそ現役合格の大学一年生であることから、当たり前のように目を逸らしてしまうほどに。

「タマさん、いつもスーツだからなんか新鮮」

改めて俺の上から下まで見定めたクルミちゃんの口元から、白い歯が漏れ出した。

クルミちゃんと遭遇するのは基本、仕事帰りの金曜日。確かにスーツ以外の姿を見せたのは初めてだ。かといって、そんな面白い格好を見せているわけではない。カットソーのシャツに黒いパンツを合わせただけの無難な格好だ。

「そういうクルミちゃんは、会う度に違う格好だな。一体どれだけあるんだ？」

「んー、いっぱいですね」

数えようとして、すぐに考えるのを諦めたクルミちゃん。文字通り、いっぱいあって数え切れないのだろう。

ブラウスにスカートというシンプルな装いだが、俺とは違い無難と呼ぶものではない。おそらくブランドものなのだろうが、服に着られているわけではなく、ちゃんと着こなしていた。容姿も伴って、ファッション雑誌に載っていてもおかしくない。

「あー、生き返るー」

ストローを通し、アイスカフェオレを胃に流し込んだクルミちゃん。チュー、と吸い込む唇と、ゴクゴクと動く喉。何気ない動作が扇情的に映るのは、やはりその可愛さにあるのだろう。

「ほんと、嫌になる暑さですね」

「そういや、クルミちゃんは札幌から出てきたんだっけ？　どうだ、東京で過ごす初めての夏は」

「暑い暑いとは聞かされてましたけど……なんというか、こっちの暑さって陰湿ですよね」

自らでは浮かばぬ突飛な表現に噴き出した。

ジメジメでもむしむしでもなく、陰湿。まるで東京の夏を人格否定しているみたいだ。

「気持ちはわかるよ。俺も北海道から出てきた身だからな。こっちの暑さには辟易したもんだ」

「え、そうだったんですか？　タマさんももしかして、札幌からですか？」

「いいや、ただのクソ田舎だ」

二度と帰るつもりのない地元。そこで起きた、最近のニュースを思い出す。

「教室で同級生を刺し殺した。一ヶ月前くらいに、そんな事件が起きたの覚えてるかな？」

「イジメ被害者が加害者を、ってやつですよね。学校がイジメを見て見ぬふりをしていたとか、凄い騒ぎでしたよね」

「あそこが俺の母校だ」

「本当ですか!?」

仰天したようにクルミちゃんは目を見開いた。しかしその顔は疑問を浮かべ、可愛らしく小首を傾げた。

「……あれ。でもあそこって、言うほど田舎じゃないですよね？」

「大都会札幌様と比べたら、あんな場所、田舎みたいなもんだよ」

地元民が聞くと大激怒しそうだが、あんな場所に思い入れなんてなにもない。あんな町、呼ぶときはクソ田舎で十分である。

「でも、母校であんな事件が起きたなんて、驚いたんじゃないですか？」

「いや、全然。過去からなにも学ばない学校だって、感心したくらいだ」

「なにも学ばない？」

「高三のとき、イジメが原因で同級生が首を吊ったんだよ」

「え……」

「ちなみに俺はそのとき、地上波デビューを果たしてな。ネット上で探したら、そんときの映像が見つかるかもな」

「あの……その人と、仲がよかったんですか？」

　クルミちゃんは反応に困りながらも、話を繋げるためおずおずと上目遣いを向けてくる。

「いや、全然。同級生が自殺した、って驚きはあっても、悲しいなんて思わなかったよ。ただ、面倒なことになったな、そう思っただけだ」

「え、と……」

「ちなみにこれは誰も口にしてないだけで、クラス一丸となった総意だ。担任も含んでな」

　信じられない。クルミちゃんの目はそう物語っていた。

「なにかあれば手を取り合いましょう。喜びや苦しみを分かち合いましょう。そんな綺麗事をまっとうできる、恵まれた環境で育った娘にはわからない感覚かな。あ、嫌味じゃないぞ？　そのくらいあの学校の大人は、タチの悪い奴らだったって話だ」

「大人……？　生徒もじゃなくて？」

「こんな格言を知ってるか？　子供の不幸は、無自覚な大人の不出来と不手際、その無責任な責任の押しつけから生まれるんだ」

「誰の格言ですか？」

「テレビにも出た、クルミちゃんも知っている偉人だよ」

　むむ、と眉間にしわを寄せながら、クルミちゃんは考え込む。しかしどうしても思い浮かばないのか、十秒も経たずにその顔は降参と告げた。

「ファースト・タマチだ」

「タマさんじゃないですか」

恭しいまでの低音に、クルミちゃんは口元を両手で覆って噴き出した。

「大事なのは耳触りのいいだけの綺麗事。中身がないせいで起きた問題は、子供に責任を押し付けて体裁を整える。そんな奴らが偉そうに威張り散らしている学校だ。あんときは面倒なことに巻き込まれて大変だった」

「なにが、あったんですか？」

「責任ってボールを投げられたんで、さよならホームランを決めた。そんな面白くもない話だよ」

あのときのことは黒歴史ではないが、おいそれと人に話せるようなものでもない。特にクルミちゃんのようなまっとうな相手ならなおさらだ。あれを笑い話として語れる相手は、自分の周りではレナくらいのものだ。

ちなみにガミは当事者であり、あのときの思い出を、素晴らしき青春の一幕と括っている。流石、人でなしと言ったところか。

「なんか……うんざりしますよね」

クルミちゃんは憂いげにストローに口をつけ、一口ぶんの喉を鳴らした。

「テレビをつけたら、誰が悪いとか、誰の責任とか、そんなのばっかり。自分の責任は自分で取る。そんな社会にならないのかな」

「残念ながら、そんな綺麗事で成り立つ社会は、一生来ないよ」

「夢も希望もないですね」

「なにせこの社会は、初めて手にした知恵を土壌にして作り上げられたんだ。土壌が腐ってるんだから、綺麗事で成り立つ社会が実るなんて、期待するだけ無駄だ」

「初めて手にした知恵？」

「人の目を気にする生き方と、責任の押し付け方だよ。あの神様が、こんな奴らには永遠に生きてられちゃ困るって、楽園から追放するくらいだ。悪い蛇に唆されて得た知恵は、それほどタチが悪かったってことだな」

ギガアイスコーヒーに一口つける。喋り続けているおかげか、飽きた味が美味しく感じた。

「中身がどれだけ醜悪であれ、綺麗な形に整えさえすればなにをしても許される。そう信じ込んでいるタチの悪い連中を中心に、この社会は回ってる。今更そこにメスを入れてももう手遅れだ」

「まるで末期ガンですね」

「末期も末期だ。そうだな……例えば被災地に千羽鶴を送る。これってどう思う？」

「ん……？　それはいいことじゃないですか？　こういうのって気持ちが大事ですから」

「本来すぐに被災者の手に届くはずだった、食料みたいな必要な支援品、その物流が滞るのがわかっていてもか？」

「あ……」

「無知は罪だが、それを知って反省するようならまだいい。でも気持ちが大事、送る側の気持ちも考えろ。なにもしないよりはマシ。可哀想な人たちのためと言いながら、満たしているのは結局、他人の気持ちじゃなく自己満足だ。まさに気持ちという綺麗な形を整えた、なにをしても許される中身のない蛮行だな」

「中身のない綺麗な形、か」

クルミちゃんは苦々しい顔を浮かべた。

「なんか身につまされる思いだな」

「社会に斜に構えている、底辺の戯言だよ。あんまり真に受けないでくれ」

「いえ……わたしの恋の遍歴が、まさにそれなんです」

クルミちゃんは恥ずかしそう頭に手を当てる。

「運命とかドラマチックとか、そんな形をもって相手に恋をするものだから、いつも痛い目を見てきたんです」

「なるほど。クルミちゃんから恋をされるなんて、男にとっちゃカモネギ。相手の中身を知る前に成就してしまう弊害、といったところか」

「親友に、まさに同じようなことを言われちゃいました。『相手の心に恋や愛が育つ前に、可愛さ一つで交際にたどり着く。そういう意味では、あんたの可愛さはまさに罪ね』って。確かにそうだなって、反省させられました」

「なんだ、可愛い自覚はあるのか？」

「自覚のある女はお嫌いですか？」

「いいや、自覚のある女のほうが俺は好きだよ。なにせ自覚のない人間はタチが悪いからな」

「ふふっ、よかった。タマさんにそう言ってもらえて」

これでもかと嬉しそうに微笑みを向けてくるクルミちゃん。俺は正しい形で自分を捉えているので堪えられるが、それでも勘違いしてしまいそうになる。

「今は新しい恋を見つけたので、親友の忠告をしっかり聞いてる最中なんです」

ほらこの通り。陽キャＪＤ美少女らしく、青春を満喫している。俺みたいな底辺社会人など相手にされるわけがない。

「そうか。今度はちゃんとまともな男で、報われるといいな」

「はい。――それでタマさんのほうは、恋人はいらっしゃるんですか？」

「今はいないよ」

反射的に出た言葉は、あまりにも虚しい常套句だった。

「へー、今はいない、ですか。……参考までに、前の彼女さんってどんな人だったんですか？」

そんな虚勢を張る大人へ、容赦ない追撃をもたらす。こんな大人なのだから過去にいて当然と信じている、陽キャ女子大生の悪意のない一撃だ。

一体なんの参考にするのか。小一時間問い詰めたい。

好奇心に満ちた目から逃れんと、余裕と時間を持つようにしてアイスコーヒーに口をつける。これを飲んでいる間に、なんとかして架空の彼女を作り上げなければならない。

可愛い女子大生からの尊敬の念を留めておきたい。その一心で頭を働かすと、好奇心に満ちた目は別を向いた。

クルミちゃんは正面にある窓を、急にコンコンと叩いたのだ。

窓の向こう側にいる通行人が、それに気づく。すると向こうは、ひらひらとクルミちゃんに手を振ったのだ。

クルミちゃんと同じくらいの歳の女の子。それも目を引くほどの美少女である。

「友達かい？」

「さっき言った親友です。ここで待ち合わせしていたもので」

つまり俺の救いの女神ということか。

さっと立ち上がり、

「じゃ、俺はここらでお暇《いとま》するかな」

いたこともない彼女の証明、その追及から逃げることにした。

「え、帰っちゃうんですか？」

「周りに席も空いてないようだし、お友達に譲るよ」

「それはありがたいですけど……折角の機会ですから。タマさんのこと、紹介したいなって」

「俺みたいなのを紹介してどうする。それじゃ、またガミの店でな」

社交辞令ではなく、引き留めたがっているのは伝わってきたが、その手を振り払うように退散を決め込んだ。

四分の一ほど残したアイスコーヒーは、勿体ないが捨てた。

そのまま店を出ようとすると、クルミちゃんの親友が注文のために並んでいるのが目に入った。

足を止め、少し観察した。

クルミちゃんに引けを取らない美少女。クルミちゃんを可愛いと表現するのが似付かわしいなら、彼女を見てパッと思い浮かぶのは綺麗。こじらせた童貞がいかにも好きそうな黒髪の乙女である。

そんな彼女に、どこか既視感を感じた。

似たような誰かを見たことがある。それがテレビなのか、ネットで見たのかは思い出せない。

ジッと見る視線に気づいたのか、目と目が合った。

その顔は怪訝そうにも不快そうにも歪むことなく、あっさりと興味が失せたように前を見る。美人すぎるから、こうして男の目を引くのは日常茶飯事なのだろう。

俺もいつまでも見ているわけもなく、そのまま店を後にした。

汗だくになりながら帰宅する。

エアコンが効いたリビングに足を踏み入れ、命を吹き返すような心地になると、

「おかえりなさい」

我が家の自宅警備員が、待っていましたと迎えてくれた。ただし本日ばかりは、待っていたのは雇用主ではなくマウス。わかりやすいほどに買い物袋を注視している。

「おう、ただい……」

その顔をジッと見て、あのとき抱いた既視感の正体を思い出した。

あのお友達の顔が、どこかレナに似ている。まさに自信を持った上で、健全な成長をしたらあんな風になるのでは、と。

まるで姉妹のように。

そういえばレナの姉は、東京におり大学へ通っている。まさに女子大生。それも一年。

「まさか、な」

こんな偶然は流石にない。ない……はずだ。

◆

連日、猛暑日を更新し続ける暑い夏。

世間はこれを異常気象と捉えておらず、今日も暑い、の一言で括ってしまっているようだ。

暑さなど関係ないと、今年も夏のイベントは目白押し。海水浴や花火大会、バーベキューや納涼祭など、暑さを味方にして楽しもうとする、なんともまあ人生楽しそうでなによりである。

自宅警備員たるわたしには、どれも無縁のイベントだ。興味も欠片もない。

こんなわたしを哀れと思うなかれ。日中はエアコンが効いた室内で職務を果たし、夜は雇用主とゲームで戯れる。やりがいある仕事に、遊び相手のいるメリハリある生活は、それはもう楽しい毎日である。

一方、夏のイベントを楽しんでいる彼らは、果たしてどうだろうか？　就労の義務を課せられ、やりがいもない仕事で額に汗を掻く生活は、果たして幸福だと呼べるのだろうか？　少なくともセンパイを見る限り、仕事というのは嫌々やるもので、楽しそうなものとして受け止められない。

少なくとも日々の幸福指数は、リア充陽キャの類より、よっぽど高い自信がある。夏のイベントを通して、ようやくわたしの幸福指数に並べるかどうかだろう。

ほんと、哀れと言わざるをえない。

それでも自分たちが上だというのなら、いつでも挑んでくるといい。

わたしは『上』で待っている。

そんなリア充陽キャの類を見下している性根が、彼らに届いてしまったのか。

ある日わたしは、夏の暑気払いイベントに巻き込まれてしまった。

日中、いつも通り家事をこなしていると、玄関から物音がしたのだ。

ガチャガチャと鍵がかかった扉を開けようとする音。

早めに仕事を切り上げ、センパイが帰ってきたのだろうか。

すぐに違うとかぶりを振る。センパイなら鍵は持っているし、早めに帰ってくるならきっと連絡を入れてくれるはずだ。

もちろん宅配ではない。チャイムも鳴らさず、いきなり開けようとするはずがない。

ホラーハウスに引き寄せられた泥棒か。はたまた価値を見出した好事家か。

いっそ内側から起きている心霊現象のほうが、よっぽど心臓に優しい。なんだ、ただのポルターガイストか、と。

恐る恐る、リビングから顔だけ覗かせ、動向を窺う。

扉の郵便受けが開いた。郵便物が投函されたのではない。

二つの目がこちらを覗いたのだ。

慌てて首を引っ込めると、口元を塞ぎながら身体を震わせる。

十秒ほど経ってから、郵便受けが閉まる音がした。

扉が再び鳴ることはない。

諦めたのだろうか。

そう油断しほっとしたのもつかの間。狂人リビングがガタガタと鳴り響いた。

ひっ、という悲鳴を飲み込んだ。

音の出処が祭壇であったならどれだけよかったか。フィギュアに命でも宿り動き出そうものなら、日中の遊び相手ができてそれはもう嬉しいことだ。

残念ながら、そんな心霊現象は起きていない。招かれざる客が諦めておらず、なおも侵入を試みようとしているのだ。

恐怖で膝をつき、四つん這いとなる。

ビクビクとしながらも、わたしは音を出さないようゆっくりとそこへ近づいた。

怖いもの見たさではない。部屋の隅で身を震わせて、黙って嵐が通りすぎるのを待つことができなかった。確認せずにはいられないのだ。

カーテンを締め切っているとはいえ、隙間一つないわけではない。

僅かなその隙間から、顔を横にして一つの目で外の様子を窺った。

やはりそこには何者かがいた。

向こうもまた、屋内を一つの目で覗き込んでいたのだ。

わたしがそれを見上げていると、向こうはゆっくりと視線を落としてきた。

この目とその目が合ってしまった。

「きゃぁあああああああああああああああああ！」

つんざくような女の悲鳴。

わたしではない。招かれざる客が上げたものである。声音から察するに、どうやら若い女性のようだ。

悲鳴を残して脱兎のごとく、その気配は遠ざかっていった。

腰を抜かしてしまい、しばらく動けず。その後の家事は全てが手つかず。部屋に引きこもり、センパイが帰ってくるのを黙って待っていたのだ。

帰宅した雇用主へ泣きつくように、その日の恐怖体験を語ると、

「ま、ここは有名な心霊スポットだからな。そういうこともあるさ」

そんなこと珍しいことではないと返ってきたのだ。

「よくあること、なんですか？」

「年に何度かな。だから簡単に侵入できんよう、色々と手は打ってある」

どうやらセンパイの防犯意識は高いようだ。

部屋の隅で黙っているだけでよかったのだと知り、そして反省した。

わたしの存在は知られてはならない。センパイに余計なリスクを背負わせてしまったのだ。

撒き散らされた悲鳴。近隣住民の注目を集めるような騒ぎが生まれた。

目だけとはいえこの姿が見られてしまった。

「わたし……見られちゃいました」

「ん？　なにがだ」

「ごめん、なさい」

「ああ、そのくらい気にするな」

それなのにセンパイは優しい声をかけてくれた。

「ここは近隣八分を食らうほどのホラーハウスだ。不審者が一人騒ぎ立てたところで、またあの家か、って終わるに決まってる。むしろ窓が割られず助かったくらいだ」

ポン、この頭に手を置くと、

「今日も自宅は平和だった。まさに自宅警備員の面目躍如だな」

おどけるように笑ってくれたのだ。

胸のつかえはあっさりと取り除かれ、わたしもまた笑ってしまった。

これが今日巻き込まれた夏のイベント。

恐怖にゾッとし暑さを忘れる、肝試しの脅かし役であった。

◆

昨今、我が家の台所事情はレナの支配下に置かれている。

一人暮らしの成人男性にしては、自炊はしっかりとできている自負はあったし、それなりの拘りもあった。調理器具から調味料まで、使いやすいように配置しており、どこになにがあるかをしっかりと把握していた。

それが今や、醤油すらどこにあるかわからない現状だ。なにせキッチンに足を踏み入れる機会がまるでない。

俺に手間をかけさせるなんてとんでもない。そんな信念を掲げているのかと疑うほど目ざとく気づき、洗い物をするどころか、食べ終わった食器を自分で下げさせてももらえない。

冷蔵庫を最後に開けたのは、果たしていつだろうか。中身はまるで把握していない。少なくとも無駄遣いをしていないのはよくわかっている。

食料品は基本、チラシとにらめっこしたレナが、買い物メモを送ってくるので要求されるがまま買う。

レナを外に出すことはできない。レナのような子供が頻繁にこの家を出入りしていたら、この家に関わりたくない近所も流石に不審がるだろう。警察が動いてもおかしくない案件である。

そんなリスクは負えないので、レナは初めてこの家に来てから、一度もこの家を出ていない。本人は引きこもり気質なのでそれで納得しているが、自ら足を運んで買い物ができないのは、当人も自覚している唯一の不便であった。

かつては無人レジで以外、満足にできなかっただろうに。自らの足で買い物に行けないのを不便だと感じているのは、きっと、今の自分は買い物くらい普通にできる。そんな自信があるからだろう。

仕事帰りにレナの買い物メモを見ながら、近所の総合スーパーに寄っていた。

しかし食料品エリアには、真っ直ぐ向かわない。先日、仕事で履いている靴下に穴が開いたので、買い物するのに嵩張らない物を先に求めたのだ。

衣料品エリアで目的の物をすぐに見つけ、そのままレジへと向かう道中。

「うーん……」

とある物が目について立ち止まった。

自分は今まで一度も着けたことはない、料理用装備。

俺は適当だからこの装備はいらないが、今はレナが台所の主である。かつて料理動画に影響されては腐らせてきた調理器具の数々を、完全に使いこなすほどに励んでいる。ならこのくらいの装備は支給すべきかもしれない。

装備した姿を思い浮かべながら、どれがいいかと、十分ばかし眉間にしわを寄せていた。

◆

かつては家事一つしてこなかった無能パラヒキニートであったが、それはもはや過去のこと。自宅警備員として雇用され半年も経たず、

「もう自宅警備員がいない生活には戻れんな」

雇用主からそんな言葉を引き出すほどに成長した。

ちょっと本気を出しただけでこれである。

常々思う。

やっぱりわたしは神童だ。自らの才能が恐ろしい。

センパイには素晴らしい居場所を与えてくれていることに感謝している。センパイが楽

になるならなんでもしたい。

これが頑張ろうと思った、始まりの原動力である。

しかしその思いは今や、センパイを堕落させたい。わたしなしでは生きていけないダメンズに落としたい。センパイの生活をコントロールしたい。

我ながら歪んだ願望を抱え始めたのだ。

そうしたらずっと、ここにいられるから。

そのくらいわたしは今、楽で楽しくて幸せな日々を送っているのだ。

尽くす喜びを得ているというよりは、この日々を失う可能性を、少しでもゼロに近づけたい。そんな自分勝手な感情で、センパイを陥れているのだ。

そうやって自宅警備員としての職務に励んでいるわたしだが、センパイがいない日中は、ずっと家事だけをしているのではない。適度に休憩を取っているし、一人の時間というものを楽しんでいる。

自らのスキルアップと娯楽を兼ねて、最近は色んな料理動画を見ているのだが、その中で中華料理屋の動画にハマったのだ。

本格的な調味料を使っているので再現するのは難しいが、それでも見ていて楽しい。そう思えるほどに、わたしの中では料理というものが、すっかり趣味へと昇華していた。

食べて美味しいと言ってくれる人がいるから。それが凄く嬉しくて、もっと頑張ろうとなるのだ。

そうやって動画に影響され今晩作り上げたのは、にんにく六十一片を入れた油淋鶏《ユーリンチー》。性的搾取してくる度に、「センキュー」と感謝の念という名のセクハラをしてくるセンパイに、ガーリックハラスメントを決めたのだ。

信じられないものを見るセンパイの顔は、まさに見ものであった。

もちろんわたし用には、にんにくは一つも入っていない。

『そうだセンパイ。前の騒ぎ、全容がわかったっすよ』

洗い物も終わり一段落すると、センパイと話したかった話題を思い出したのだ。センパイの口臭から逃げるようにして、ふすまを閉めた隣部屋でキーボードを叩いた。

「そうだそうだ。あれって結局、なにが原因なんだ」

『クソ親の酷い兄弟差別っす』

先週のことだ。

センパイが仕事で家を出てちょっとしてから、パトカーのサイレンが近隣に響き渡った。それからすぐ、屋内にいてもわかるほどに外は騒がしくなった。

中学三年生が家族の寝ている合間に、全員を刺し殺したのだとわかったのは、お昼のワイドショーであった。

この手の事件は、いつだってお茶の間を沸かせ興味を引く。

これは凄い事件だとネタになるのがわかっているので、取材陣が内情を探ろうとするのだ。ここ数日、日中に何度もチャイムを耳にしたことか。

エアコンの室外機が動いているので、誰かがいると確信があったのか。一昨日などは無遠慮に庭へまで踏み込んで、窓を叩き「すみませーん」なんて叫ぶ無礼な者まで出始めた。

三十分後、近隣には救急車のサイレンが鳴り響いた。誰が運ばれたのか、わたしはなんとなく察したのだ。

そうして今日の日中、ワイドショーでどんな家庭であったのか報道された。

よくある兄弟差別をされて育った弟が、無敵の人へクラスチェンジを果たし、家族を皆殺し。ドロドロとした内情があったようだが、語りたいのはそこではない。

『誰も気づいてないだろうっすけど、こんな事件が起きた一番の要因。自分わかっちゃったっす』

「一番の要因？」

『なんとあの家族、半年前に引っ越してきたらしいんすよ』

「なるほど、そういうことか」

センパイも得心がいったようだ。

我らがホラーハウスは、ここにあるというだけで周囲に被害を撒き散らす。この家屋に近ければ近いほど、異常行動に走りやすくなる。

兄弟差別をされ鬱屈とした人生を送っていた彼の背中を、ホラーハウスが押してあげたのだろう。

『燦然たる来歴にまた一つ、歴史が刻まれたっすね』

「おまえは人の命をなんだと思ってる」

『エンタメ』

「うーん、これはろくでもない」

『カァー！　人の不幸で飯が美味い！　クソ親の自業自得ならなおさらっす！』

同情の余地なんてない。

勝手に産んでおきながら、注ぐのは愛情ではなく重圧と軽視である。日々の鬱憤を晴らすサンドバッグのように扱われれば、その心に咲くのは家族愛ではなく恨みの花だ。

「実感こもってんなー」

『ま、父ガチャ失敗してるんで。彼の気持ちはよくわかるっすよ』

「母ガチャは？」

『星5の神引きっす。だから息をしているだけで幸せな未来が待っている。そのはずだったんすけど、ロストしたときに大きく道を逸れましたね』

父は自ら起こした事業と、上級国民との繋がりを求めることに人生を捧げている。家族全員で食卓を囲う、なんて団欒があった記憶がない。食事を共にするときは、外へ向けたアピールで連れ出されたときだけ。母よりインプットされた子供の生み出した成果を、知った顔でアウトプットするのだ。

それでもわたしの人生は幸せだった。

なにせ大好きなお母さんがいた。いつだってわたしを守ってくれた。甘えさせてくれた。

父は育児や教育方針の全てを、お母さんに丸投げしていたおかげだ。

成果はしっかり出してきたので、父は「引っ込み思案なところに困っているのですが」と笑って、わたしを外部に紹介できていた。

実際、幼い頃のわたしは引っ込み思案だった。絶望的なコミュ障ではなく、学校にもしっかり通えていたのだ。

可愛がってくれる姉さんのことも大好きだった。

しっかりと意思を示し、押し通せるカッコよさに憧れた。いつだってこの手を引いてくれたことが嬉しかった。

そんな幸せな人生も、お母さんが亡くなったことで崩れ落ちたのだ。

死因は深く語るほどのことではない。ルーチンワークのような買い物、その出先で事故に巻き込まれただけである。

それを知らされてから、納骨までの流れも語るほどでもない。よくある被害者家族のそれだ。

忌引き明けを待たず、父はすぐに仕事へ復帰した。その様はまるで、突発的なトラブル処理が終わったかのようだった。父にとって母とは所詮、家族システムの部品にすぎない。失ったところで大きな損傷がないものと捉えていたのだ。

忌引き後、姉さんはすぐに学校へ復帰した。悲しくて辛いのと、与えられた権利の過剰行使は別だと示すように。

一方、わたしはいつまでも塞ぎ込み、現実を受け入れられずにいた。

二週間、三週間、一ヶ月。

学校へいつまでも行かないわたしであったが、父に学校へ行くよう促されることはなかった。

わたしは神童である。大好きな姉さんの真似をしたい。同じことをしたい。その願い一つでわたしの学力は、三つ離れた姉さんと同等だったのだ。だから学校で授業を受けなくても問題ないものとして放置されていた。

姉さんもそんな私を励まし、寄り添い続けてくれた。

それが三ヶ月、四ヶ月と続き、姉さんは優しく諭してくるようになった。

貴女がどれだけ辛くて悲しいかは、よくわかっている。だって私たちは姉妹だもの。その気持ちは誰よりも理解している。でもいつまでも塞ぎ込んでいてはいけない。天国で見ているだろうお母さんのためにも、この悲しみは乗り越えないといけない、と。

正論である。

どこまでも正しく、模範的な社会の解答だ。

姉さんに手を引かれるがまま、社会の箱庭に戻されたのである。

わたしに親友はいない。それでも引っ込み思案なりに、グループには所属できていた。

受け答えだってしっかりできていたし、神童として教えを乞われるのも日常茶飯事だ。

そんな彼女たちから復帰を喜ぶ声と、そして慰めの声を沢山かけてもらった。数ヶ月も顔を見せずにいたわたしを、厭うことなく受け入れてくれたのだ。

素直に嬉しかった。姉さんに手を引かれてきてよかったと、喜びすら感じていた。

だからわたしは、彼女たちにお礼の言葉を告げたのである。

「あ、あ、あ、あ……あり、がとう」

自分でも初めて聞いた、吃ったその声で。

姉さん相手にすら満足に会話を重ねてこなかった。だからこの喉が、深刻なほどに錆びついていたのだ。

彼女たちはわたしを笑うことなく、母の死から立ち直れていない、ただの悲哀だと受け入れてくれた。

だから、

「あ、あ、あ、あ……あり、がとう。だってよ！」

笑ったのはお調子者の男子だった。

「あ、あ、あ、あ……」

吃った部分だけを再び彼は繰り返す。

頭も素行も悪いその男子のことが、昔から大嫌いであった。なにかにつけて絡んできて、わたしで笑いを取ろうとするのだ。

そんな彼はクラスの中心的存在。彼が笑いをもたらせば、それを呼び水に他の男子たちも追随する。教室が笑声で包まれるのだ。

今回もまた、同じことが起きただけ。

いつものように友達が代わりに憤る。他の女子も味方について、「ちょっと男子ー！」

と声を上げるので、性別による対立が起こる。

わたしはその陰に隠れて、笑いの台風が通りすぎるのを待つのであるが、今回ばかりはそうならなかった。

教室に響いた笑声が、わたしには嘲笑にしか聞こえなかったのだ。

母の死を乗り越える。そんな模範的な社会の解答を出すために、姉さんに手を引かれながら箱庭へと戻ってきた。

それなのになぜ、このような仕打ちを受けねばならないのか。

模範的な解答を求めてやってきた場所で、啼泣という形で応えたのだ。

嘲笑は白けるように収まった。次の瞬間にはざわめきだし、ことの発端の男子は責め立てられ、彼は道連れを作るかのように、笑った全員が同罪だと喚き出した。

担任がくるまで騒ぎは収まらず、最後にわたしは保健室へと送られた。気持ちが収まったら、教室に戻ろうと優しい声をかけられたのだ。

次の日も、
次の日も、
そのまた次の日も、
ずるずるずるずると教室への階段を上ることができずにいた。

わたしの学力は三年先へといっている。優秀すぎるがゆえに、先生も成績を盾に取り、教室へ戻るよう促せなかったのだ。

父もまた、テストの結果という成果を生み出すわたしに、社会の箱庭へ戻ることを強いてこなかった。自走だけで成果を生み出せるのなら、好きにしていいとお達しをくれたのだ。

かくしてわたしは、二度と教室に足を踏み入ることはなかった。

週に一度だけ登校し、保健室でテストを受けるだけの学校生活。三桁以外の数字なんて見たことがない。自分の教育方針はこれで正しかったのだと、父は己の偉業のように誇ってすらいた。

姉さんはこのままではわたしのためにならない。そう父を説得したようだが、それは全て跳ね除けられた。あんな猿共にわたしの才を潰されてなるものかと、理解者ぶって語るのだ。

ならばわたしを説得しようとしたが、無駄である。この頃には最強スキル、顔を俯かせて黙って乗り越えるを会得していた。

わたしのことを誰よりも想ってくれる姉さん。

憧れていた。いつも優しく引いてくれるその手が大好きだった。

いつしかその引いてこようとする優しい手が、嫌になった。煩わしくなった。放っておいてほしかった。

あんなに大好きだった姉さんから、いつしか逃げるように部屋に引きこもるようになったのだ。

こうして唯一の会話の相手を捨て去ったわたしは、日に日に発声スキルや、自己主張の術を衰えさせていったのだ。

絶望的なコミュ障を育てる土壌は、かくして誕生したのである。

姉さんはやはり間違えていなかった。間違ったのは楽な道へ逃げ込んだわたしと、父の教育方針である。子育てを知らない男が、ある日ポン、と大きな子供を託された。当然の帰結だったのかもしれない。

父が失敗を悟ったのは、高校受験を控えた最後の一年。その始まり。高校は義務教育ではないと思い出したのだろう。高卒認定や通信高校でなんとか妥協しても、その先である日本一の大学への進学。受かったところで満足に通えないと、ようやく気づいたのだ。

急遽教育方針を変えようとも、わたしには最強スキルがあるので無駄だった。父も父で仕事に忙しい人なので、いつまでもわたしの相手などしていられない。

だから思い出したように説教してくる様は、まさに滑稽であった。

だってそうであろう？

教育と子育てを頑張ってきた、『父親』の真似事をしているのだから。

よくもまあそんな恥知らずな真似ができるものだ。そんな真似をして許されるのは亡きお母さんと、わたしのことを想い続け、どうにかならないかと模索してきた姉さんだけである。

心に寄り添った結果の失敗なら、また別だ。だがそんなことはないのだ。

父がしてきたのは、子供が生み出す成果を買ってきただけ。黙って払えば買えていたものが、このままでは非売品になると焦ったにすぎない。

これが我が家の実情。

文野家でまともなのは、今や姉さんだけなのだ。

『姉さんも星5だったんすけど、ご覧の有様になって以来、使い勝手は最悪。配布キャラのセンパイのほうが、よっぽど性能が上っすね』

「持ち上げてるんだか落としてるんだかどっちだよ」

『かなーり高く持ち上げてるっすよ。だってセンパイ、社会的によく見積もっても星2じゃないっすか。配布扱いとはいえ、星4として見てるんすよ？』

そして今は星5を通り越して実装されていない星6。絶対に手放したくない存在だ。

『初めてご尊顔を拝見したときは、よくわかってるじゃないかと絵師さんの拘りを感じましたね』

「どんな拘りだ？」

『下手にイケメンじゃないところ』

「裸ワイシャツを見せてくれた礼を、感想つきで聞きたいようだな」

『それは禁止カードだって言ってるだろいい加減にしろ！』

あられもない姿を見られたときのことを思い出し、羞恥が頬を焼いた。

「でも星4、か。鷹として産んでくれなかった鳶の親を持つ身としては、上等な扱いだな」

『センパイ、親ガチャ失敗だったんすか？』

「両方大爆死だ」

嘆くようではなく、鼻で笑うような口ぶりだ。

そういえばセンパイは、中学生のときから自分のご飯は自分で作っていたと、前に言っていた。

前はこれからのことで精一杯だったので、それを知ろうとすることを躊躇した。

でも今は違う。

すっかりとこの生活も落ち着き、お互い上手い距離感で、楽しい日々を送れている。

この人のことをもっと知りたい。

『毒親だったんすか?』

生活に余裕があるからこそ、この手けつい踏み込むことを選んでいた。

「毒親……ってほどでもないが、生み育ててくれたことに感謝する。そんな素晴らしい精神までは育ててくれなかったクソ親だ」

『クソ親っすか』

「クソ親もクソ親。大人《テメエ》らの不出来と不手際を自覚せず、無責任に責任を押し付けてくるような奴らだったよ。おかげさまで、保身に走ることに関しては立派な大人になったな」

『そう言われるとちょっと気になるっすね。どんな親を持てば、あそこまでの責任転嫁と回避スキルが育つのか』

ちょっとと言ったが、実際はセンパイの過去には興味津々だ。

『是非センパイの半生をご教授いただきたいっす』

「別に楽しい話じゃないぞ。タチの悪い人人のもとで、ろくでもない大人に育ったってだけの話だ」

『こっちは裸ワイシャツ曝け出したんすから。センパイのしょーもない人生くらい、曝け出してくださいよ。面白いかどうかは、こっちで判断するっす』
「……ま、別に勿体ぶるもんでもないが。まずはおかわりをくれ」
センパイは苦笑を漏らす。
「つまらん話をするんだ。せめて飲みながらじゃないと、やってられん」

◆

端的に表すなら、あれは世間体をなによりも大事にする両親だった。

子供が悪事を働くと、悪いことをした報いを恐怖という形で子供心に刻む。

最近はその教育方針について、いかがなものかと論争を交わされている。

怒鳴りつけられ、時には暴力を以て制裁され育った俺は、この論争については肯定派だ。

悪いことをすると報いがある。その楔《くさび》を打ち込まなければ大人しくならない奴は、一定数存在する。楔を打ち込まれ、悪事に対する報いを正しい形で捉えておいてなお、悪いことに手を染める者もいくらでもいる。

だから悪いことをした子供を、恐怖で御すのは賛成だ。なにを言ってもわからないバカにはお仕置きが必要である。

けれどその方法論を、ただの失敗に当てはめるのはいかがなものか。

知らなかった。

わからなかった。

上手くできなかった。

そんな失敗に恐怖によって制裁を下す。それはもう子供の躾ではなく、ペットの調教である。

俺の両親は、そのタイプのクソ親だった。

例えば弁当屋に連れていかれたときの話だ。

バイキングのように、好きなおかずを好きなように弁当の容器に詰め込む。蓋が閉まる範囲内なら、どれだけ詰めようが定額だ。

だから好きなものを好きなだけ詰めて、さあ会計だというときに、俺の失敗が発覚した。弁当の容器。そのご飯を盛るエリアには、ご飯以外入れてはいけなかったのだ。それを知らずおかずだけが詰め込まれた弁当。「次から気をつけてくださいね」と店員にチクリと言われたのだ。

それを店から出たら、死ぬほど怒られた。

教えてもらわなかった。知らなかったゆえの失敗なのに、そんなこと言われなくてもわかるだろ、常識だと。そういう親だったのだ。

できなかったことに対して、怒りが湧いたのではない。子供ができなかったことによって、恥をかいたのが嫌だったのだ。

子供の失敗は親の失敗。

それを受け止めることができず、よくも恥をかかせたなと怒り狂うのだ。

自分たちの教育の不出来と不手際。それを認めようとするどころか、自覚すらしていない。

大事なのは田町創という子供ではなく、それを構成員に組み込んだ、外から見られて恥ずかしくない家庭。その形をなによりも大事にしているからこそ、あんなにも無責任におまえが悪いと、責任を押し付けられるのだ。

俺という子供を愛しているのではない。

恥ずかしくない子供を持っていることに幸せを感じているのだ。

子供のときはそれを言語化できないまでも、なんとなく感じ取っていた。

中身のない綺麗なだけの形。それを大事にするのがとにかくバカらしかった。

先祖どころか、家族への感謝も想いもなにもない。だから墓参りに連れていかれても、込み上げるのはくだらないことをしなければならない不満である。わざわざ石を大事にして、ありがたがるように手を合わせるのは、とにかくバカらしかった。

でもそんなくだらないことをしないと怒られる。それが嫌だから黙って付き従っていただけだ。

子供ながら、段々とこの社会の仕組みがわかってきた。

外から見られたとき、自ら取った行動がどう審判されるのか。そこに中身はなくても、綺麗な形さえ整っていればいい。少なくともそうやっている内は、怒られるようなことはない。その行為に納得できず不満でも、損はしないようにできている。

綺麗な形をまっとうしている内は、褒められるし怒られない。人並みの家庭の範囲で、欲しい物は買い与えてもらってきた。

小学生当時、俺は優秀な子供だった。

勉強もできたし運動もできた。王様とは言わずとも、クラスを指揮するガミのような破天荒タイプと上手く付き合いながら、自らの立ち位置を維持してきた。

親にとって俺は、自慢の息子であったのだ。

でもそれは家族愛から、褒められたいという望みが生み出した成果ではない。

怒られたくない。

親に抱いていた強い感情はそれだけだ。

かといって、なにも失敗をしてこなかったわけではない。それなりに細かい失敗をしては怒られるのを繰り返してきた。

だけど失敗を重ねる内に、責任回避能力が向上していった。時には初めからないものとしたり、他人に責任を擦り付けたりと。保身に走ることに関しては、当時の子供の中では誰にも負けなかった自信がある。ガミなどにもよく擦り付けたりしたものだ。

あれは小学校五年生のときか。

自転車で三十分くらいの距離にある本屋で、クラスメイトの万引きを目撃した。

向こうも犯行現場を目撃されたことに、ギョッとしていた。

目と目が合って、五秒ほどか。

「あ、すみません」

近くに来た店員へ声をかけたのだ。

今起きたばかりの子供の不祥事。それを告発するためだ。

「これの新刊って、もうないんですか？」

というわけではない。

本来ここへ来た目的を遂行するために、自分のやりたいことを優先したのだ。

「ああ、これね。ここにないなら売り切れかな」

「はぁ……わかりました」

店員と簡素なやり取りをすると、ガッカリと肩を落として店を出た。

自転車に乗ろうとするところを振り返ると、そこには万引き犯が立っていた。

「お、おい。田町」

不可思議なものを見るような目。理解できぬものの答えを求めようとする、不思議であった。

「ん？　おう、奇遇じゃん」

さっき目が合った直後の、白々しいキでの演技。クラスメイトは目を丸くするしかなかったようだ。

「今暇か？」

「いや……ちょっとこの後な」

そう難色を示すも、

「ジュースでも奢るぜ」

「よく考えたら暇だったわ」

現金な俺はすぐに釣られたのだ。

店から少し離れた公園。自販機で好きな物を選んでいいと言われたので、エナジードリンクを買った。これが好きだったからではない。折角だからと自分の金では絶対に買わない、一番高いものを選んだのだ。

「田町さ。さっきのあれ、なんだったんだ？」

早速一口つけたところで、クラスメイトは本題を切り出した。

特に脅しをかける様子もない。ただただ俺の行動の意図が理解できず、その答えを純粋に欲している。

「俺はなにも見てない。それでいいじゃんか」

それがわかったから恐れることなく、あっけらかんと真意を告げた。

あまりにもあっさりとした答えに、向こうは呆気にとられていた。

なぜクラスメイトの万引きを見て見ぬ振りをしたか。単純に面倒なことになるのを厭うたからだ。

悪行を目撃したのなら、それを大人へ報告する。

社会的に見ても中身が詰まった、素晴らしい形である。

大人たちに偉いぞと褒められる、正義感ある行動だ。

でも、その後は？

クラスメイトはスクールカーストの第一位。破天荒な行動で周りを巻き込み、そして引っ張る存在だ。

そいつを敵に回すような真似をしたらどうなる。そのクラスメイトを知るものなら、報復活動に出るのはわかりきっている。

クラスで孤立するだけならまだいい。

悪質なイジメに発展し、悪童たちの玩具になるのは死んでもごめんだった。

教師もことなかれ主義だから、助けを求めても無駄。

両親もイジメの対処のために、頑張って立ち向かってくれる人だと信じていない。それどころかどんな酷いイジメを受けても、学校へ無理やり行かそうとするだろう。自らの家庭から不登校の子供が出るなんて、そんな酷い形を許せる両親ではないのだ。

だからクラスメイトの悪行は見なかったことにして、知らぬ存ぜぬを通した。自らの立ち位置を守る道を選んだのだ。

だって大人は頼りにならない。守ってくれると信じちゃいけない。

悪行を報告しないせいで、あの書店が損害を被ろうと知ったことではない。

正しい行動をしなかったのが悪だというのなら、そもそも正しいことを安心して行える土壌作りを怠った、大人の責任ではないか。

だから俺は悪くない。

「なら俺があんなことをした理由も、聞いてこないわけ?」

　面倒事はごめんだという、俺の真意は伝わったのだろう。だから次にクラスメイトは、大人たちならまず聞いてくるだろうそれを、聞かないことに首を傾げた。

　なぜこんなことをしたんだ。

　悪いことをしているとわかっていながら、なぜそんな非行へと走ったか。そこに深いなにかがあると信じて、問わんとする。

　バカな話だ。短絡的な子供にそんなもの、そうそうないだろうというのに。

「そこに物があるからだろ」

　1+1の解答をもたらした。それこそなぜそんな簡単な問題を、今更出してくるのかと不思議なくらいだ。

　クラスメイトの万引きの動機を、そうやって簡略的に言語化した。

　なぜ、物を盗むのか。そこに、物があるからだ。

「俺は登山家かよ!」

　そうやってクラスメイトは、大爆笑したのであった。

　タマとガミ。あだ名で呼び合うキッカケとなった、懐かしい話である。

　そのまま順調に育っていき、中学生になった。

急に母親が入院することになった。

当時理由は知らされていなかったが、興味もなかった。

家族の危機を頑張って乗り越えよう、みたいなノリで家事をやらされるハメになった。最初は面倒でダルかったが、必要なことを必要だからやっている。形だけではなく中身も伴っているから納得はできた。

家には母親がおらず、父親も忙しい。家での一人の時間が増えた。

家のことをしっかりやる俺を、母親が大変なことになって可哀想。でもしっかりやれているから偉い。早く母親がよくなるといいね、と大人たちによく励まされた。

とんでもない。永遠によくなってほしくない。このままがいい。

鬱陶しい親の目がないので、伸び伸びと生活できるのだ。あまりにも居心地がよかったので、あいつらがいないだけでこんなにも楽なのかと楽しかった。

成績が落ちたところで、家のことを頑張っているからと見てくれる。実際は親の目がないのでネトゲにハマってドップリというだけだ。中身はこの有様なのに、勝手に周りが綺麗な形だと褒めてくるのだ。

ここまで生み育ててくれた両親への感謝も想いもない。

家族愛というものが自分の中には芽生えていないのだ。

だから中学三年生。母親が死んだとき、悲しいなんて感情は湧かなかった。葬式やらなんやら面倒くさいと息をつきながらも、こんな歳で母親を失った可哀想な子供を演じていた。

一波乱が起きたのは、四十九日、そのちょっと前だったか。

絶やしてはいけない線香が、俺が家にいるときに絶えたのだ。

家族親戚の前以外では、手を合わせることも線香を上げることもない。帰ってきたらネトゲで忙しいので見逃していたのだ。

丁度母親側の親類と帰ってきた父親は、絶えた線香を見てチクリと言われたのだ。

母親の親類が帰った後、父親は俺に大激怒。数年ぶりに拳が飛んできたのだ。

子供の頃とは違い、体格差は大きくはない。むしろ運動などしない父親だから、体育とはいえ運動をしている俺に分があったのだ。あっさりと避けると、

「ふざけんじゃねー！」

通りすぎていく身体に思い切り蹴りを入れ込んだ。

「なんでこんなくっだらねーことで責められなきゃならねーんだ！　テメェがやりたくてやってることだろ！」

積年の恨み。

それをぶつけるようにして何度も蹴りを入れた。

こんなくだらないことで責められる。理不尽すら覚えた感情は、怒髪天を衝いた勢いで、香炉を掴んでその背中に叩きつけてやった。

そんな震える背中を見て、一気に毒気が抜かれた。こんなのに今日まで怯えていたのかと急にバカらしくなったのだ。こんなのを相手にするくらいなら、ネトゲをやっていたほうが有意義だと部屋へと戻った。

親族が集まる四十九日をバックレて、奴らが帰るまでガミの家に泊まっていた。相当親族に詰められただろう父親だったが、帰ったときにはなにも口にすることはなかった。ただ恨みがましそうな目を送ってきたので殴る動作をすると、尻もちをついたのは傑作だった。

以来、俺たち親子の間には決定的な溝ができた。

同じ家に住んでいても、向こうは顔を合わせないよう務めてきた。いつしか家に寄り付かなくなった。かといって世間体は大事なので、生活費や小遣いは口座に振り込む形で与えてくれた。俺がまた爆発したときなにをするかわからないのが、一番恐ろしいのだ。

市内で一番の高校に行く。周りに俺の優秀さを説いて、自慢していたのはわかっていた。

だからそのあてつけのように、不良品在庫市みたいな底辺高校へと進学した。徒歩圏内だし利便性もある。

高校はまあ……三年のときに色々とあったが、それはまた今度。あれはあれで色々とあったからな。

高校を卒業した後は、手切れ金を貰って上京した。

あのクソ親とは以来、一度も会っていない。

「な、面白くもなんともない、つまらない話だっただろ?」

◆

本日三杯目となるハイボール。

センパイいわくつまらない話が終わると、おかわりを頼まれた。

冷凍庫で冷やしたウイスキーを炭酸で割り、レモンを絞るだけの簡単なお仕事。氷を使わないからこそ、炭酸が強くて美味いんだ、とセンパイはこの作り方を語っていた。

すっかり慣れたお酒を作りながら、語られたセンパイの子供時代を頭の中で反芻する。

決して壮絶な人生ではない。

世の示す虐待を受けたわけでもなければ、貧困に苦しんだわけでもない。欲しい物も買い与えてもらえていた、どこにでもある普通の家庭。

でも、なんて言えばいいのだろう。

毒親や貧困に喘ぐ子供たちと比べれば、センパイは恵まれている。それなのに親ガチャが大爆死したというセンパイの主張は、ストンと胸に落ちてくる。

わたしは父が大嫌いだ。でも……センパイの両親よりマシな親だと、比べてしまったのだ。

お金の問題ではない。

センパイの両親に気持ち悪いと、生理的嫌悪を催したのだ。

どれだけあれな父でも、根っこでは自分が悪いのだとわかっている。どれだけボッチを貫いたところで、学校へ行きテストの点数さえ取っていれば、それだけで満足してくれる人だ。

そして大好きだったお母さん。わたしは本当に素晴らしい母親に恵まれたのだと、改めて実感した。

わたしは神童である。それでも幼い頃は、色んな失敗を重ねてきた。センパイの言う、親に恥をかかすような失敗だ。

でもお母さんは一度として、それに怒ったことはなかった。

ちゃんとわたしの心に寄り添って、色々なことを教えてくれた。基礎がわかっていればできる応用、それが失敗してできなかったとしても、なにがいけなかったのか、どうすればよかったのかと、優しく教えてくれた。むしろ自分の教育不足で、わたしに恥をかかせてしまったと謝ってくる人だった。

わたしはお母さんに、愛されていたのだ。

中身があるから、わたしは沢山頑張った。褒めてもらいたいから、綺麗な形を見せて喜んでもらいたかった。

だからお母さんが亡くなったとき、あんなにも苦しくて辛かった。立ち直れなかったのだ。

一方、同じく母親を失ったセンパイは、あっけらかんとしている。

社会はきっと、そんなセンパイを咎めるだろう。こんな綺麗な形を整えた家庭で育ててもらったのに、悲哀を胸に宿さないとは何事か、と。

贔屓《ひいき》目抜きにして思った。

本当にこの社会は、中身なんてどうでもいいんだな。

センパイをこんな風に育てたのは、紛れもないその両親だというのに。中身を知ろうともせず、形だけを見て非難するのだろう。

でもその中身を主張したところで、うるさいそんなのは知らないと切り捨てられる。なんとなくそれがわかった。センパイもそれがわかっているから、とりあえずそれっぽく形だけを整えて、今日まで生きてきたのかもしれない。

親の愛を知っているからこそ、この気持ち悪さがわかるのだ。

中身のない綺麗な形。

うちの父と、センパイの両親。やっていることは双方とも同じだ。その上でどちらがマシかと比べたとき、天秤が傾いたのは父側であった。それはきっと、やっていることの自覚の違いだろう。

父は自覚して押し付けてくるから、まだ割り切れる。

でもセンパイの両親は、それを自覚せず押し付けてくる。

自覚のない奴はタチが悪い。

センパイがよく扱う言い回し。その意味がようやく理解できた。

カルト宗教の勧誘と同じだ。自分たちのやっていることが正しいと信じている。自分たちが間違っていると微塵も考えていないから、相手の気持ちを推し量ることなく押し付けられるのだ。

ああ、本当に……

「……気持ち悪い」

そんな大人のもとに生まれなくてよかった。そんな安堵とおぞましさに身を震わせた。

それが顔に出てしまったのだろう。

「つまらん話に気分でも悪くなったか?」

おかわりを渡した後、苦笑しながらそんなことを告げられた。

わたしは部屋へと戻り、ふすまを閉める。この両手をどう動かすべきかわかっていた。

『いや、センパイの口臭が酷くて辟易しました』

「誰のせいだ、誰の」

ネタに走ったのだ。

くすりと笑って、少しであるが気分を持ち直した。

『クソ親から開放された後は、この世の春ったか?』

底辺社会人と自称しているが、残業もほとんどしてこないし、職場の人間関係も良好そうだ。給料が低いのは実力不足というよりは、努力不足なのは自覚しているらしい。こうしてホラーハウスに住んでおり、悠々自適な社会人生活を送れている。

プログラマーは残業ばかりのブラックとネットで見るが、センパイにはそんな兆候はない。それなりにいいポジションに就いているのでは、と推察したのだ。

「いいや、全然。今の会社に引き抜かれるまでは、それはもう地獄のような日々だった」

しかしセンパイの答えは否。クソ親を持った苦労とはまた別な苦労があったようだ。

「世の言うまっとうな会社に入るっていうのはな、しっかり勉強して、いい学校に入って、神様気取りの偉そうな奴らに啓蒙され、真面目をまっとうする。そんな社会の通過儀礼を行ってきた者にのみ、その挑戦チケットが与えられる」

喉を潤すゴクリという音が聞こえた。

「不良品在庫市の中ですら、真面目にやってこなかったんだ。資格もねー、スキルもねー、人よりこれといって優れた物も持ってねー。あるのはチケットじゃなくて、やってこなかったツケだけだ。そんな奴が入れる会社は、どんなところかわかるか？」

『年齢、学歴、業務経験不問。優しい先輩が教えてやる気にさせてくれる。仕事以外でもみんな仲良しで頑張りを評価する、将来は独立可能な社員の夢を一緒に実現する熱意があればＯＫなアットホームで家庭的な職場っす』

「流石神童だな。あんとき言った謳い文句を、丸暗記してるとはな」

センパイはおかしそうに笑い立てる。

「ま、その通りだ。この業界を選んだのは、学生時代唯一打ち込んできたのは、キーボードくらいだったからな。オフィスビルでカタカタするスーツ姿に憧れたんだ」

『当時からセンパイは、そういうのは得意だったんすか？』

「おう、なにせローマ字限定のブラインドタッチ。コピーペーストはショートカットキーを駆使。マシンスペックの理解もあれば、ネット社会への造詣も深い。このスキルを携えて、この業界で成り上がってやると夢を抱いたんだ」

『言っちゃあれっすけど、自称パソコン得意くんの典型っすね。そんなの雇っても、仕事で使い物にならなそう』

「そうだ。それでパソコンが得意だ、ってドヤ顔している愚か者たちが集まる船に、ひとつなぎの財宝を求めて乗り込んだ」

『既に嫌な予感しかしない件』

「最初の三ヶ月の研修。このときがやりがいのピークだな。進めてく中で無能が浮き彫りになるんだが、そいつを見て俺は有能だって勘違いする。この程度のことで金を貰えるなんて、人生楽勝だなって、社会を舐め腐るわけだ」

そのときの自分を嘲笑うように、センパイは鼻を鳴らした。

「そんな勘違いをし舐め腐った状態で、客先に送り込まれるんだ。理想と現実のギャップに愕然とした。なにせ、なにがわからないんだかわからない。向こう側も金を払って戦力を雇ったのに、来たのはクソザコナメクジだ。風当たりが強いのなんのって。

研修なんて言っても、結局ＡＢＣのアルファベットを正しくわかるようになっただけ。そんな状態で英語圏に送り込まれ、後は現地で頑張れっていうのが、あの会社のやりかただった。海賊船かと思ったら、ただの奴隷船だったというオチだ」

『マジで現代の奴隷船じゃないっすか』

「ああ、働かざるもの食うべからず。人間扱いなんてしてもらえない。ほんと、地獄のような日々だったよ」

『なんで辞めなかったんすか？』

「なんとか教えを請うて食らいついて、家でも勉強しながら必死こいて努力してたら、まあそれなりになんとかなっちまった。俺は無能じゃない、やればできる人間だったのが証明されたんだ」

『自分でやればできる人間って言うとか。センパイはやっぱりセンパイっすね』

こんなときでも自らを持ち上げる、センパイの安定感。

「レナ。やればできる人間の正体がなんだかわかるか？」

ただしそれは勘違いだと、その音は告げていた。誇るのではない、自嘲の色である。

『やればできる人間の正体？』

「やればできる人間っていうのは、能ある鷹って意味じゃねー。今の環境で未来を見据えた努力をしない怠け者。ケツに火がついてようやく重い腰を上げて、問題の対処に当たる愚か者。それがやればできる人間の正体だ。そして対処に失敗した人間を、この社会では無能って呼ぶんだよ」

やればできる人間。

自画自賛かと思いきや、そんなことはまるでない。

「二年ほどあっちこっちと客先を回されて、たどり着いたのが今の会社だ。期待もなにもしていなかったが、『この奴隷、意外に使えるじゃねーか』。そう評価してくれた当時のリーダーが、自分が面倒を見るから引っ張ってくれって、今の上司に掛け合ってくれた。こうして俺は奴隷船を降り、底辺へと成り上がったんだ」

センパイはタチの悪い大人ではなく、ろくでもない大人だ。だからこそ自分という人間性をちゃんと自己分析できている。

「この手の引き抜きは業界のタブーだからな。目をつけてくれたリーダーもそうだが、危ない橋を渡ってくれた上司には頭が上がらん。これからこの人たちのもとで頑張るぞ、となったのも最初だけ。環境がぬるま湯になったら、これ以上は頑張りたくない。底辺でもいいからとこのポジションに甘んじたのが、今の俺の社会的立場。どこまでいっても、俺は俺。やればできる人間ってわけだ」

　だからこうやって、自分がやればできる人間であることを揶揄《やゆ》しているのだ。

　センパイは両親にとって、かつては自慢の息子であった。でもそうあったのは、怒られたくないから。両親の目があったから、努力せざるをえなかっただけ。でもその目がなくなったらこの通り。向上心がないからこそ、こんな風になったのだろう。

『センパイは立派っすね』

　わたしは心から立派な人だと、センパイに敬意を抱いた。

「おまえは一体なにを聞いていた。今の話どう聞けばそんな結論になる」

『自分と比べてっすよ』

　自分のあり方に折り合いをつけながら、この社会のレールの上を走っている。たとえ底辺と呼ばれる生き方であれ、自分の頭で考え納得している。

『ぶっちゃけていいっすか？』

「そんなの今更だ。好きに言え」

『センパイって、家族に恵まれず、他人より優れてるところもない。かといって、下手にイケメンってわけでもないじゃないっすか』

「好きに言えって言ったからな。後半は聞き流してやる」

『そんなセンパイと比べて、自分がいかに恵まれてるか。それを突きつけられたっす』

「おまえが恵まれてる？」

『家族ガチャでは星5の姉さんと母親を引いて、天より与えられた神童たる才能。そして巨乳ＪＫ美少女という恵まれた容姿』

「おまえ、その称号本当気に入ってるな」

『てへ』

突っ込んでもらえてよかったと、くすりと笑った。

『父ガチャはセンパイと比べるまでは、ずっと爆死かと信じてたっす』

「なんだ、評価でも変わったのか？」

『父は家族としてはあれっすけど、社長としては有能なんすよ。成果さえ上げれば、黙ってお金を吐き出すＡＴＭ。姉さんは父を使いこなせるんで、上手いことやってるんすよ』

姉さんは父さんのあり方に、納得し割り切っている。お母さんに愛されて育ったから、ひねくれることなくちゃんと真っ直ぐ成長した。あんな父親を持ちながらも、正しい家族愛を知っているのだ。

だから姉さんは周りから愛される。僻み妬みを買うことはあっても、当たり前のことをしているだけで愛される。その上で父みたいな人もいると割り切れる、頭ハッピーセットな世間知らずではない。

真面目に生きているだけで報われる。そのくらい恵まれた人である。

『自分は姉さんと同じものを与えられているのに、ご覧の有様』

一体、この違いはなんなのか。

『やればできる人間の枠から堕ちたのが無能なら、自分はそれ未満っすね』

怠慢である。

未来から目を背け、やるべきことをやらず留まり続けてきたツケ。清算のときだと、やらなければいけない状況に追い詰められた。それなのになおも楽な道を求め、問題の対処をせず逃げてしまった。

わたしは無能にすらなれない、自堕落な負け犬だ。……いや、戦ってすらいないのだから、ただの駄犬である。

ずっと棚に上げてきた現実。センパイの前で棚卸しをして、改めて直面し愕然とした。

『いや、ほんと。センパイと比べてこんな恵まれてるのに、自分は不幸と信じてきたなんて大草原不可避っすね』

こんなに恵まれているにも関わらず、ただ嫌なことから逃げ出して、センパイにこんなリスクを負わせていたなんて。どこまでも身勝手な自分に、泣けるくらいに笑えてくる。

最近こんな自分を好きになれていたが、改めて嫌になってきた。

「そうだな。顔と才能、家族。俺が恵まれなかったもの全部盛り。問題はあんなにもわかりやすく視えてたってのに……おまえの人生ハードモードは、まさに怠慢が招いたもんだな」

センパイは笑っている。

これだけ恵まれた人間が、自分の境遇を嘆いてきたことを。当人の努力不足、怠慢が招いた結果を棚に上げ、耳を塞ぎ目を覆い、わたしは不幸な人間だと叫んできた滑稽さを。

そう思っていたのに、

「ほんとおまえは、不幸な奴だな」

センパイはわたしを不幸な奴だと言い切った。

「子供の問題ってのはな、自助努力だけで全て解決させようっていうのが、そもそもの間違いなんだ。問題を乗り越えられるかを見極めて、子供を導くのが大人の役割。少なくともこの国の社会規範ではそうなっている」

喉を潤したのか。ゴクリと音がした。

「おまえの問題は、確かにクソザコナメクジメンタルが招いたものだ。当人がそれを自覚していながら、どうにかする気がないなんて見たらわかるだろ。なら周りの大人が問題解決、その手段を模索するべきだったんだ」

センパイは呆れたように息を漏らした。

「学校へ行けってバカみたいに喚き散らすんじゃなくて、問題の本質に向き合う。それをしてくれた素晴らしい大人が、一人でもいたか？」

『そんな素晴らしい大人はいなかったっすね』

「嘘つけ。ちゃんといただろ」

『どこにっすか？』

「ここにだ」

厳かなまでのおどけた声。

そうだった。わたしの問題に正面から向き合って、心に寄り添ってくれた大人がいた。

五年もの間、この喉から発する音が嫌いだった。コンプレックスですらあった。それを今や、当たり前のようにこの喉が意思を伝えられるようになっていた。

「俺みたいな頭でもちょっと使えば、簡単に解決できる程度の問題だったんだ。おまえの周りの大人はずっとその役割を怠ってきた。そのせいでコミュ障をこじらせ続けた。結局、おまえの問題はそういう話なんだよ」

わたしがずっと抱えてきた問題を、センパイはそう切り捨てた。

自分の問題に向き合わず、逃げ続けてきたわたしが悪いのではない。こんな簡単な問題を、今日まで放置し続けてきた周りが悪いのだと。

ただわたしの心に寄り添った慰めではない。

センパイは心の底から、これはその程度の問題だったと信じている。

胸が熱くなるほどに嬉しかった。

『つまり姉さんが無能すぎたって話っすね』

……だからこそ新たな辛さが湧いてきた。

唯一わたしの問題に、向き合い続けてくれた姉さん。引きこもった始まりの日から、ずっと姉さんは同じことしか繰り返さない。どれだけ優しくても、提示する解決手段はいつも同じだった。

学校へ行きなさい。コミュ障はそれで治る。

わたしのことを世界一想ってくれているのはわかっている。

でも欲しかったのは未来を思う優しさではない。

昔みたいに手を引いて、甘えさせてほしかった。

自分が悪いのはわかっているけど、それを棚に上げた胸の内で、いつしか恨み言すら吐くようになっていた。

なんで姉さんは、わたしのことをわかってくれないの？

センパイは頭をちょっと使えば、問題は解決できるものだと言った。姉さんほどわたしを想ってくれている人が、そんな簡単なこともできなかった事実に、胸が締め付けられるほどに辛くて苦しかった。

「おまえって奴は……人の話をちゃんと聞いてたのか？」

そんな物わかりの悪い子供に、センパイはやれやれと指導する。

「星5だなんだ言ったところで、おまえの姉はただの子供だろ」

「あ……」

そんな当たり前のことを忘れていた。自らの愚かさに喉が震えた。

「教師を神と崇めて、現世のルールを学んできた。偉そうな神様に社会とはなんぞやと語られる場所で、真面目にやってきただけのガキだ。そんな奴に、子供を導けなんていうほうが酷な話だろ」

「あぁ……」

また喉が震える。

辛いからではない。

苦しいからではない。

「おまえがこうなったのは結局、社会で生きていく上で大事なものを知りながら、お勉強さえできればそれでいい。そうやって放置してきた大人の責任だ」

最初から姉さんには、わたしをどうにかすることができなかった。

そんな真理を与えられて、救われたような気持ちになったからだ。

姉さんも姉さんなりに、必死にわたしを導こうとしてくれた。引こうとしてくれるその手には、初めからわたしを導く術など宿りようがなかったのだ。

わたしを世界一想ってくれている姉さん。心に寄り添ってくれなかったのではない。子供なりに必死となって、わたしを導こうとしてくれただけなのだ。

深くこの胸に突き刺さっていた棘が抜けたような気がした。

「うっ……うぅ」

棘の穴から流れ出たものが、頬を伝ってこの手を濡らした。

ああ、棘が抜けた今ならわかる。

わたしがずっと辛くて苦しかったのは、姉さんが心に寄り添ってくれなかったからではない。

あんなにも大好きだった姉さんを、嫌いになっていくのが辛くて苦しかったのだ。

嗚咽が届いているのだろう。

そんなわたしを慰めるように、カラッとした笑い声をもたらしてくれた。

「世の中には人の不幸に噛みついて、おまえは恵まれている、自分のほうが不幸だ。なんてくだらねーマウントを取りたがる駄犬がいる」

知っている。なにせわたしは皆が社会というものを学校で学ぶ代わりに、ネットの中でこの社会を学んできた。

匿名社会はまさに、不幸マウントの地獄である。

「でもそんな戯れ言気にするな。自分より下を慮れる素晴らしい心があるなら、人の不幸に噛み付くわけがない。なら、そんな奴らを慮る必要なんてどこにある」

その通りだ。あの手の地獄は矛盾に満ちている。色々と装飾をつけて声を張り上げているが、結局言いたいことは身勝手な一言で要約できる。

自分に配慮しろ、だ。

「自分勝手に噛みついてきて、ゴチャゴチャと不幸マウントを取ってくる奴にくれてやるのは同情でも慰めでもない。うるせーくたばりやがれ！　こんな罵声で十分だ」

あまりにも強気なセンパイの発言。

それには賛成であるが、これはあまりにも形が悪すぎる。ＳＮＳで吐き出そうものなら、きっと炎上騒ぎだろう。

「自分の人生を他人と比べるときは、こいつよりはマシだっていう慰めのときだけでいい。

自分が不幸だと思うなら不幸なんだ」

だからそのくらいの気の持ちようでいいんだという、センパイの激励である。

「だってそうだろ？　俺みたいなろくでもない大人のもとに、覚悟を決めて転がり込む。そんな人生、不幸に決まってる」

どんな形であろうとも、あの辛さと苦しみは偽りのない本物だった。

わたしはどれだけ自分が悪かろうと、その全てを棚に上げられる生き物だ。なら、自らの境遇を不幸だと叫ぶのに、なにを躊躇う必要がある。

それを思い出させてくれた人への尊敬の念が、また一回り大きくなった。

「だからレナ。わたしは不幸だって、大きなその胸を張って叫んでいいんだよ」

だというのに、最後の最後でこのセクハラである。

性的に辱めないのでもなければ、弄りたいのでもない。ただただオチを付けなければ気が済まない、センパイの習性だ。

全くもって、ろくでもない大人である。

『ほんと、センパイは中身がイケメンっすね』

「顔は？」

『下手にイケメンじゃないところに拘りを感じます』

「今日こそ天井のシミの数をハッキリさせてやる」

『きゃー、犯されるー！』

だからろくでもない子供らしく、その背中に見習ってみた。

「あ、そうだ」

センパイはなにかを思い出したように声を上げる。

椅子が軋む音。

ふすまは閉まっているので、ごそごそとなにをしているのかはわからない。

どうしたのだろうかと首を傾げていると、一声もなくふすまが開いた。

「ほら、福利厚生だ」

ビニール袋を手渡された。色がついているので中身はわからない。重さや触った感じから、なんとなく衣類の類ではないかと予想した。

礼儀として『開けていいですか？』という視線を送ると、センパイは首を振ったので開封した。

「あ……」

畳まれ包装されているので全容は見えないが、それがなんなのかすぐに察した。

エプロンである。

「前に肌着で出迎えてくれてありがとな。最低限これ着けてりゃ、ふじこる真似はせんだろう」

下着が透けて見えてしまう失敗を指しているのだろう。あまりにも楽な格好だから、つい忘れてあられもない姿で出迎えてしまったのだ。

常にエプロンを装備していれば、もし忘れていても防衛ラインとして稼働する。

「ありがとう、ございます」

素直に嬉しかった。

贈り物をされて嬉しいとは、こんな気持ちだったのか。長らく忘れていた感情を思い出すほどに。

大切なものを抱え込むように、この胸に抱きしめた。

「喜んでもらえてなによりだ」

「本当に凄く、凄く嬉しいです」

照れるという感情を忘れるほどに、真っ直ぐな喜びが自然と漏れ出る。

そしてこの左手はキーボードへと伸び、

『二人は幸せのキスをして終了。ハッピーエンド完、してもいいくらい、感動しました』

「遠慮するな。俺は構わんぞ」

『でも口臭があれっすからね。ハッピーエンドにならなくて、ほんと残念っす』

「おまえが撒いた種だろ」

「ふふっ」

照れ隠しのようにネタへと走ってしまった。

センパイは回れ右してふすまを閉めた。口臭を気にしたものか、わたしを慮ったのか。果たしてこの場合どちらだろうか。

早速エプロンの包装を解いて、中身を改めた。

しっかりとした生地から察するに、投げ売りの安物ではない。なら山積みの物から目についたものを適当に選んだわけではないだろう。柄ものではなく一色で染まっているのは、お洒落よりも実用性を取ったのだろう。

黄色だった。目を刺すような鮮やかなものではなく、目に優しい緑みよりの色。

センパイがわたしを想定して選んでくれた色。これがわたしに似合うかどうか、悩んでくれたのかもしれない。

その気持ちがまた嬉しくて、あることを思い出しハッとした。

昔、お母さんがわたしたち姉妹に、髪留めを選んで買ってきてくれたことがあった。お母さんからの贈り物はなんでも嬉しかったが、今回ばかりは不満があった。

わたしはなんでも姉さんの真似をしたがった。だから髪留めの形はお揃いでも、色が違った。

姉さんは鮮やかな赤色に対して、わたしのは丁度このエプロンのような色。

不満がわかりやすく顔に表れたのか。お母さんは優しく頭を撫でて、この色を選んだ意図を告げたのだ。

「これはね、貴女の色なの」

「わたしの……色？」

「そう。楓色、よ」

お母さんはわたしの名前と同じ色だから、あの髪留めを選んだのだ。厳密にはそれに近い色であるが、大事なのはわたしのことを考えてくれた想い。姉さんとはお揃いの色にならなかった不満はすぐに吹き飛び、凄く嬉しくなった。

センパイには本当の名を告げていないのに。

あまりの偶然に驚嘆した。それこそ運命なんて言葉が頭をよぎるほどに。

だからすぐにエプロンを着けて、センパイに見てもらいたい。そんな欲求が湧いたのだ。

与えてもらった物をすぐに身に着け披露する。浮かれていると知られるのは、ちょっと恥ずかしい。

でもすぐに着たい。見てもらいたい。

どうするかと逡巡した先で、使うかもしれないと持ち込んできたアレを思い出したのだ。

◆

思いつきで買ったエプロンだったが、あそこまで喜ばれるとは思わなかった。

大切そうに抱え込み、微笑む姿があまりにも絵となった。

なるべくネタになる範囲で、レナのことを見るようにしてきたが、今回ばかりは揺れ動く感情はあった。

わかっていたことだが、やっぱりレナは可愛いすぎる。

なんでこんな可愛い女の子が、我が家で自宅警備員として勤めているのか。

それもこれも、あいつの周りにまともな大人がいなかった。本来俺たちのあり方を咎める奴らの不始末だというのだから、もう笑うしかない。

あと、十年若い頃に出会いたかった。そうしたら遠慮なく関係を推し進めていただろう。

それをしないのは、ルールやモラルを慮る素晴らしい心が宿ったからだ。いつかここから巣立っていくのを想定して、綺麗なままいさせてやりたい。レナがこの先歩む、素晴らしい人生に瑕疵をつけたくなかったのだ。

そんなわけがない。

単純にぬるま湯に浸かっているのが気持ちいいので、変に推し進めて関係が拗れるのが嫌なだけ。積み上げてきたものを失うのが怖いだけだ。

レナのことを好きかどうか問われれば、そんなの当たり前だと答える。こんなに誰かを好きになったのは初めてだ。

俺はろくでもない大人であるが、タチの悪い大人にはならないと誓っている。この想いの正体、その自覚くらいはちゃんとしている。

これは社会が示す真の恋や愛ではない。自分のためならなんでもやってくれる可愛い女の子。ご機嫌取りの手間もなければ、かかるお金はリターンに対してコスパがよすぎる。それでいて遊び相手にもなってくれる。

まさに大人の歪んだ欲望、その擬人化。そんな都合のいい存在だから、好意を抱いたにすぎない。

だってそうだろ。あいつのことを本当に思っているなら、お先真っ暗なその未来、どうにかしようと考える。それをしていないということは、この想いが真の恋や愛ではないからだ。

この胸に宿っている愛は精々、自分勝手で身勝手な自己愛くらいのものである。

「……センパイ」

自分を分析していると、少しだけ開いたふすまから、レナがこちらを窺っていた。

照れくさそうにしながら頬を赤く染めている。

深呼吸を一度入れたレナは、意を決したようにふすまを開いた。

エプロン姿のお披露目だ。

実用性を加味して選んだそれは、五桁にこそ届かないが割と値の張った品だ。福利厚生とはいえ投げ売りの安物を選ぶのはどうだろうという、大人としての面子だ。レナの室内着は基本暗めな色ばかりなので、明るめの色を選んでみた。赤やピンクは狙いすぎだし、この辺りが似合うだろうという直感だったが、我ながらセンスは悪くなかったようだ。

「ん……？」

少し違和感を抱いた。

パーカーを脱いだ上からエプロンを装着したのではない。衣類を着替えているようだ。

エプロン一つで、なぜ着替えが必要なのか。

「変じゃ……ないですか？」

腕を気持ち広げて、レナは自らの姿を心配する。

くるん、と背中も見せてくる。

エプロンは日本では前掛けと呼ばれている。なぜ後ろ姿まで見せてくるのか。

「なんだ、それ」

今の姿はどうか、という質問におよそ相応しくない回答だ。

決して変だったわけではない。後ろ姿でもわかる、ただのブレザーとスカート姿。珍しくもなんともない正装だ。

だからこそ意表を突かれた。

「高校の……です」

レナの蚊の鳴くような声。

吃っているのでなければ、おどおどとしているのではない。羞恥に塗れた結果だ。

高校のなんだって、と聞き返さなくてもわかる。

レナの着ているのは制服。その姿はまるで、巨乳ＪＫ美少女のＪＫ部分を強調するかのようだ。

「どうした、それ」

レナの意図がわからず、同じようなことを繰り返す。

高校の制服がなぜこの家にあるのか。レナが持参したのはわかっているが、持ち込んだ意図がわからない。

「使うかな……って」

「使うかなって……なににだよ」

学校の制服は学校に通うときに着るものだ。冠婚葬祭の礼服にはなるが、そんなものを見越すはずがない。ＪＫ気分でお洒落としての外出着にしたいのならわかるが、レナとは無縁の発想だ。部屋着にしたいほどの快適さはない。

「あの……その……」

なにをそんなに恥じ入っているのか、レナは制服の意図を告げるのに躊躇っている。

一言二言だけではない。もう俺としっかり会話ができる。レナとしてのろくでもなさを発揮するときこそ、意思は手により伝えられるが、制服を持ってきた意図くらい口で十分だ。

レナがエプロンからスマホを取り出し、手を動かした。

スマホの通知音が鳴った。

タンブラーに口をつけながら、ロック画面を確認して、

『戦場で』

「ぐほっ！」

虚をつかれた意図に噴き出した。

ハイボールが器官に入り、何度も咳き込んだ。

レナは恥じらったその顔を隠すように、スマホで口元を隠している。

『カァー！　この気遣いと心遣い。神童すぎてマジ辛いわ！』

顔と文字が一致していない。照れ隠しなのが丸見えだ。

覚悟を決めてやってきたとはいえ、まさかこんな小道具を持ち込んでくるとか。恐れ入った。

ああ、だからきっと。

たとえそれが対価であれ、レナにとって俺は初めから、やるからには喜ばしたい相手だったのだろう。

「ほんとおまえは、無駄なところでサービス精神旺盛だな」

少し多いタンブラーの中身を、一気に呷った。

空にしたタンブラーをレナに差し出した。

「なら、巨乳ＪＫ美少女の恩恵を、精一杯楽しませてもらおうか」

エプロン姿の女子高生。

物語のような存在に酒を作らす、某団体大激怒の蛮行に及んだのだ。

◆

「じゃ、行ってくるわ」

「いってらっしゃい」

いつものようにリビングから、出社するセンパイをお見送りした。本当はちゃんと玄関でお見送りをしたいところだが、センパイが家を出るときに、外からわたしを見られるような真似はできない。

一日の職務は、センパイの朝食とお弁当、着替えの用意などから始まる。センパイが家を出る時間は決まっているので、それに合わせて段取りをする。忙しいわけではないが、朝は時間感覚を大切にしている。

だからセンパイをお見送りすることで、朝の仕事は一区切りがつく。掃除や洗濯をしながら、センパイが帰ってくるまでに夜ご飯の用意をしなければならないが、朝のように時間に追われるということはなく、のんびりと好きにやれる。

センパイから貰ったエプロン。すっかり着慣れた大事なものを脱いだのは、一休みするため。椅子の背もたれにかけると、わたしはベッドへと倒れ込む。

この家にあるベッドは家主の一つだけ。センパイの匂いに包まれるが、そこに不快感はない。むしろそれを求めているのだ。

わたしは……センパイが好きだ。

お母さんや姉さんへ抱く好きではない。

異性へと向けるに相応しい愛情である。

一秒でも長くあの人の側にいたい。離れているこの時間は恋しさに支配される。

わたしは神童である。この想いが社会の定める真の恋や愛ではないことは、よくわかっていた。

この足で未来へと進むことを放棄している。

明日の幸福だけを求めながら、目を閉じて、未来から目を背けている。

そうやっているわたしを背負って、楽で楽しいだけを与えてくれる人。身を委ねているだけで幸せな毎日を差し出してくれる。

未来のことを考えてくれた優しさではなく、その場しのぎの甘さだけを注いでくれる。

それを『この人だけはわたしのことを理解してくれる』と解釈し、いつしか心の拠り所となった。自分にとって都合のいい人だから、こんなにも慕ってしまったのだ。

社会ではこの想いを、恋や愛ではなく、依存心と呼ぶのだろう。真実の恋や愛ではないと、正論を操りロジハラしてくるのだ。

今更偉そうな社会に説教されなくても、自分が一番わかっている。

わかってるのだ……

「センパイ……」

でも、センパイのいない時間は、胸が痛くなるほどに恋しいのだ。

早く帰ってきてと胸を締め付けるほどに、センパイが愛しいのだ。

温もりを求めるように寝具を抱きしめながら顔を埋める。

そうやって社会の正論から目を逸らし、耳を塞ぐ毎日。

これが幸せな生活の中で生まれた、唯一の悩みであり苦しみだった。

これが真の恋や愛ではない、都合がいいから生まれた依存心である事実。社会の正《しん》しい答《じつ》えから目を逸らす。

今更そんなくだらないものなど気にせず、いつものように棚に上げればいいだけなのに。

この想いをただの依存心だと呼びたくないと、本能が悲鳴を上げているのかもしれない。

ふと、疑問が頭に浮かんだ。

そもそも社会とは、一体なんなのだろう、と。

教科としての社会ではなく、概念、定義としての社会。

ついそれが気になって、スマホを取り出し『社会』と検索をかけた。

なにかの答えを求めているわけではない。知識欲を得るくらいの感慨だ。

この世の知識は全てネットで得られる。黙ってまずはＷｉｋｉに目を通すことにした。

目が滑るような硬い言葉の羅列。意味は理解できるが、想像通りで面白みのある話ではない。

『意思疎通が図れ、互いに働きかけ作用を及ぼす、秩序化と組織化がされた、ある一定の人間の集団』

簡潔明瞭に要約すると、およそ想像通りの答え。得られる所感はなにもない。

続けて『社会化』を調べてみるも、やはり大したことは書いていない。

学習によって後天的に得られる、社会文化の価値や規範。

強いて得られたものといえば、その価値や規範が、この想いを真の恋や愛ではないと定義したくらいか。

期待はなにもしていなかった。

最後に社会性なるものを調べて、終わらせようと決めた。

「社会的……欲求」

目に入ったものが、そのまま口から漏れ出した。

ガツン、とその価値観が頭を殴打したのだ。これがおまえの欲しがっていたものだぞと、その答えであることを知ったからだ。

「仲間から好意を受けたいという欲求……認められたいという欲求」

自らに読み聞かせるように、羅列されたものを音読した。

初めてセンパイと出会った日を思い出す。

美少女だなんて枠に当てはめられ、胸中がかき乱されるほどに、嬉しいという高揚感を抱いた。

姉さんや父、陽キャ集団に言われようとも、抱くことのないこの承認欲求。

その正体をわからずにいたが、ついにその答えへとたどり着いたのだ。

社会の意味を、改めて思い出す。

『意思疎通が図れ、互いに働きかけ作用を及ぼす、秩序化と組織化がされた、ある一定の人間の集団』

わたしは姉さんや父とは意思疎通が図れない。

互いに働きかけ、作用をもたらすことなんて無理である。

あの二人が帰属し尊ぶ秩序や組織が、わたしには耐えられないのだ。

姉さんや父のような人たちといるのが、なぜあんなにも苦しいのかよくわかった。わたしとあの人たちでは、帰属している社会が違うのだ。

わたしが帰属しているのは、センパイと築き上げてきた、たった二人だけの社会。美少女だと言われて嬉しかったのは、同じ社会の住人に、好意をもたらされ認められたからだ。

社会性の発達を読み進めていく中で、また新たな答えがもたらされた。

真の理解者、心の友を欲する欲求が強くなる。特定の人物に対する献身的な崇拝は、時として渇望賛美となり、恋愛の発生にいたることもある。

これが青年期。女児に置いては十一から十三歳に起きることだ。

画面越しにいるあの人こそが、真の理解者であり心の友であった。盲目的に尊敬し、崇めてすらいた自認もある。

現実社会。そこで生きる術をわたしは持っていなかった。

なにせ現実社会のレールの上には、陽の光が降り注いでいる。

現実を生きる人たちはそれを浴びることで育っているが、わたしにはその目映さに耐えられない。身を焼くようなその熱さでは、文野楓という苗を枯らしてしまうだけだ。

レールの上を走れというのは、わたしに死ねと言っているのと同義である。

なぜなら文野楓は、陽の光が降り注ぐオアシス《さばく》で生きられない。光合成ができない植物だから。

レールへ引っ張ろうとする手を振り払い、唯一帰属している社会へ救いを求めた。レールを外れた先にある、陽の光に晒され ぬ地こそが、文野楓の砂漠《オアシス》だと信じていたから。

わたしの社会は、センパイと二人の最小単位の社会。今日までここで社会活動を行い、人生を営んできた。この場所でようやく、社会で生きる術を手に入れた。

光合成ができるようになった今なら、陽の光が降り注ぐ地でも成長できるだろう。

でも……もうわたしは戻れない。

家出をして成人男性のもとに転がり込む。わたしの人生には決定的な瑕疵《こうごうせい》がついた。

けれどそれは些細なこと。

今のわたしなら姉さんと向き合える。ちゃんと話し合える。こんなわたしだけど、どうか受け入れてほしい。姉さんの側でやり直させてほしいと願えば、きっと姉さんは許してくれるはずだ。

高卒認定か通信高校か。その辺りをちょちょいとやりながら、大学もちょちょいと受かって、人間関係は姉さんにキャリーしてもらいながらちょちょいとこなす。その頃には姉さんのような愛されキャラにまで成長できる。人生イージーモードすぎると笑いながら、自らの神童ぶりに恐れ慄く日が待っている。

ああ、本当に……くだらない。つまらない。大好きな姉さんとやり直せる以外、なんの価値も見いだせない、幸せとはかけ離れた人生だ。

レールを外れた先で手に入れたこの依存心。それを満たすこの幸せの前では、あまりにもちっぽけでくだらないのだ。

外野はこの依存心を満たすのは、虚しい行為だと後ろ指をさしてくるだろう。真の恋や愛を得られない、可哀想な人生だと揶揄するのだ。

でも、定義の問題である。

陽の光が降り注ぐ社会では、この想いは真の恋や愛ではないかもしれない。だが帰属していない社会の定義に、一体なんの価値がある。

わたしが帰属しているこの社会は、センパイと二人だけで築き上げてきたものだ。なら所属している者だけで定義をしていけばいい。

これまで通り、現実社会から目を逸らす。この依存心は虚しい想いではないと、安心して満たせばいい。

そのほうが楽で楽しくて、幸せだから。

でも姉さんは正しい人だから、この幸せを絶対に認めてくれない。

そうしたらきっと、わたしはまた姉さんを嫌いになってしまう。それが辛くて苦しいのは、痛いほどに知っている。

もうあんな思いだけはしたくない。

これからもどうか大好きなままでいたいから……

「ごめんなさい、姉さん……」

もう二度と、あなたと会いたくありません。

そうして自らに宿ったこの依存心。

「センパイと……離れたくない」

真の恋や愛と定義した想いを満たせる社会《じんせい》を、わたしは選んだのだ。

# あとがき

当作品を手にして頂いた皆様、はじめまして。二上圭です。

第9回ネット小説大賞を受賞し、拙作が書籍という形で書店に並ぶ。今でも信じられない思いで、あとがきを綴っております。

当作品『センパイ、自宅警備員の雇用はいかがですか?』（以下略称、自宅警備員）はタマ、レナ、ガミ、クルミちゃん、レナ姉の五人によるオムニバス形式のヒューマンドラマで、手に負えないと放置していたプロット。それをタマ視点のみで短編ラブコメに落とし込み、その補完として続けたのがレナ視点。それが思わぬ反響を受け、この勢いでたどり着きたかった最後に向けて、やりきろうと本連載にした作品です。

そんな流れで始まったので、ウェブ版はあとがきを書いている現在、ヒロインであるレナが半分以上不在。視点交代に重きを置いたオムニバス形式ゆえに、恋愛ものとして致命的な構成となりました。

ウェブ版は自己満足全開でしたが、書籍化において構成を大きく見直しました。その結果無理のない形で、作品の質の向上を図れたとは思いますが……ウェブ版から自宅警備員を応援してくださっている読者様には、書籍版はどう映ったでしょうか？

担当の編集者様からは、太鼓判を押して頂けました。着地地点を勝手に変えるわ、予定になかったシーンを落とし所にするわ、そのせいで原稿の提出期限を破るわと、打ち合わせとは一体なんだったのか。それを作品が面白くなったのならいいと笑ってくださり、本当にありがとうございました。

イラストレーターの日向あずり様。初めてキャラデザ案を頂いたときのことは今でも忘れません。あれがあったからこそ妄想が膨らみ、ウェブ版をなぞるだけでは終わらない物語になりました。自宅警備員を引き受けてくださり、本当にありがとうございました。

ＧＣＮ文庫様。二ヶ月ばかし遅れながらになりますが、新レーベル創刊おめでとうございます。創刊にあたり自宅警備員にお声がけ頂き、本当にありがとうございました。

最後にウェブ版から応援してくださっている読者様、そしてはじめましての皆様。この作品を手にとって頂き、本当にありがとうございました。物語の終わりにたどり着いたとき、この作品に出会って良かった、そんな作品にすることが、最大の恩返しだと考えております。

その恩返しの次の一歩として、次巻でまたお会いできることを切に願っております。

## 文野楓

［ふみの・かえで］

Kaede Fumino

通称：レナ。引きこもりの女子高生。顔も名前も年齢も知らない社会人男性をアテに、ダイナミック家出を決行。無事、タマのもとへ転がり込む。もし失敗していたら、無敵の人となるつもりだった。

## 田町創

［たまち・はじめ］

Hajime Tamachi

通称：タマ。保身に走ることにおいてだけは一人前の底辺社会人。ネトゲで知り合った当時小五ロリのレナを、ろくでもない性格に育て上げた。楽なほうへと流された結果、レナと同居することに。

Characters

Characters

## 来宮まどか

［きのみや・まどか］
Madoka Kinomiya

通称：クルミちゃん。ガミのバーに通う女子大生。北海道から上京してきたらしい。その華やかな見た目と地頭の良さで、常にスクールカーストの上位に君臨してきた。男運は最悪。

## 明神幸之助

［あけがみ・こうのすけ］
Konosuke Akegami

通称：ガミ。バーのマスター。タマとは小学生時代からの腐れ縁。美男子から美女へ生まれ変わったその様は、タマいわく、ソシャゲの性別変更感覚で人体改造を施した。怪しい資金源を抱えている。

このページでは「楓」ではなく「レナ」の顔を描くべきだったかも！？
などと思いつつ…
2巻ではそんな彼女の表情もイラストにできるとよいですね。

## ファンレター、作品のご感想をお待ちしています!

【宛先】
〒104-0041
東京都中央区新富1-3-7　ヨドコウビル
株式会社マイクロマガジン社
GCN文庫編集部

**二上圭先生 係**
**日向あずり先生 係**

**【アンケートのお願い】**

右の二次元バーコードまたは
URL (https://micromagazine.co.jp/me/) を
ご利用の上、本書に関するアンケートにご協力ください。
■スマートフォンにも対応しています (一部対応していない機種もあります)。
■サイトへのアクセス、登録・メール送信の際の通信費はご負担ください。

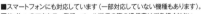

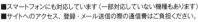

GCN文庫

# センパイ、自宅警備員《じたくけいびいん》の雇用《こよう》はいかがですか？

2021年12月26日　初版発行

著者　二上圭《ふたがみけい》

イラスト　日向《ひゅうが》あずり

発行人　子安喜美子

装丁　AFTERGLOW
DTP／校閲　鷗来堂

印刷所　株式会社エデュプレス

発行　株式会社マイクロマガジン社
〒104-0041　東京都中央区新富1-3-7　ヨドコウビル
［販売部］TEL 03-3206-1641／FAX 03-3551-1208
［編集部］TEL 03-3551-9563／FAX 03-3297-0180
https://micromagazine.co.jp/

ISBN978-4-86716-222-4 C0193